Das trübe Meer
ist zugefroren
DIE INSEL BERK
liegt unter
meterhohem Schnee
WIRD DIESER WINTER
DENN NIEMALS ENDEN?
WIRD ES NIE MEHR
FRÜHLING WERDEN?

Cressida Cowell

Drachenzähmen leicht gemacht

Mörderische Drachenflüche

In der Reihe »Drachenzähmen leicht gemacht« von Cressida Cowell
sind im Arena Verlag erschienen:
Band 1 *Drachenzähmen leicht gemacht*
Band 2 *Drachenzähmen leicht gemacht. Wilde Piraten voraus!*
Band 3 *Drachenzähmen leicht gemacht. Strenggeheimes Drachenflüstern*
Band 4 *Drachenzähmen leicht gemacht. Mörderische Drachenflüche*
Band 5 *Drachenzähmen leicht gemacht. Brandgefährliche Feuerspeier*
Band 6 *Drachenzähmen leicht gemacht. Handbuch für echte Helden*
Band 7 *Drachenzähmen leicht gemacht. Im Auge des Drachensturms*
Band 8 *Drachenzähmen leicht gemacht. Flammendes Drachenherz*

www.drachenzähmen.de

Hicks der Hartnäckige vom Hauenstein der Dritte
war ein Furcht einflößender Schwertkämpfer, ein Drachenflüsterer und überhaupt der größte Wikingerheld, der jemals lebte. Doch seine Memoiren entführen dich in die Zeit, als er noch ein ganz gewöhnlicher Junge war und sich überhaupt nicht vorstellen konnte, dass aus ihm mal ein Held werden würde.

Cressida Cowell
verbrachte ihre Kindheit in London sowie auf einer unbewohnten Insel an der Schottischen Westküste. Sie war überzeugt, dass es dort nur so vor Drachen wimmelte, und ist seither von ihnen fasziniert. Neben den Aufzeichnungen von Hicks' Memoiren hat sie mehrere Bilderbücher geschrieben und illustriert. Sie lebt mit ihrem Mann und drei Kindern im englischen Hammersmith.

Clara Vath
liebte es schon als Kind, bunten und verrückten Fantasiewesen eine Gestalt zu geben. Dass ihr dabei auch der ein oder andere Drache begegnet ist, kam ihr bei der Arbeit an Hicks' Memoiren sehr gelegen. Seit 2012 arbeitet sie als freie Illustratorin für verschiedene Unternehmen.

Cressida Cowell

DRACHENZÄHMEN
LEICHT GEMACHT

Mörderische Drachenflüche

Aus dem Englischen
von Elvira Willems

Mit Illustrationen
von Clara Vath

Arena

Ich widme dieses Buch Joshua

WARNUNG

Sämtliche Bezüge zu historischen Tatsachen sind natürlich vollkommen zufällig. Sag bloß nicht, man hätte DICH NICHT GEWARNT!

Die Originalausgabe erschien erstmals 2006 unter dem Titel »How to Cheat a Dragon's Curse« bei Hodder Children's Books, London.

MIX
Papier aus verantwortungsvollen Quellen
FSC® C110508
FSC www.fsc.org

1. Auflage 2017

Aus dem Englischen von Elvira Willems
Einband, Satz und Illustration: Clara Vath
Gesamtherstellung: Westermann Druck Zwickau GmbH
ISBN 978-3-401-60233-2

Besuche uns unter:
www.arena-verlag.de
www.twitter.com/arenaverlag
www.facebook.com/arenaverlagfans

Ich bin der Höchst Giftige Stacheldrache. Und mein Stich ist so tödlich wie der einer Schwarzen Witwe. Schon bevor diese Geschichte beginnt, habe ich eine der Figuren gestochen. (Ich hoffe, es ist nicht deine Lieblingsfigur.) Und obwohl er es noch nicht weiß, ist der Fluch *schon* über ihn gekommen!

Mein Gift kriecht durch *seinen* Körper.
Mein *starkes* Gift tötet *sein* Herz.
Und am Freitagmorgen um zehn Uhr stirbt er,
so sicher wie Fischeier Fischeier *sind*. Denn
niemand kann *sich* dem Fluch des giftigen
Stacheldrachen entziehen.

Haudrauf der Stoische
Hicks &
Ohnezahn
Grobian
Feuerwurm
Fischbein &
Horrorkuh
Einauge
(Ein Säbelzahnzugdrache)

*Jeder Drache wird mit Punkten von 0-10 bewertet.

1. DIE PFEIL-UND-BOGEN-JAGD-AUF-SKIERN-EXKURSION

Kalt waren die Winter im Land der Wikinger immer. Doch dieser Winter war der kälteste seit hundert Jahren. Er war so kalt, dass das trübe Meer zugefroren war und die Inneren Inseln zu einer einzigen riesigen, flachen, soliden Eiswüste erstarrt waren. Stellenweise war das Eis zwei Meter dick.

An diesem besonders kalten Morgen, mehrere Stunden vor dem Frühstück, war es, als hielte die ganze Welt den Atem an, eingefroren in der Zeit. Die Luft war schneidend scharf wie Glasscherben, kein Laut störte die reine schneebedeckte Stille.

Kein Laut, bis auf ein entsetzliches, irres Brüllen, das von irgendwo mitten aus dem Eis kam.

Denn eine kleine Gruppe von Jungen vom Stamm der Räuberischen Raufbolde und ihr Lehrer hatten sich von ihrer kleinen Heimatinsel Berk aufgemacht zur Schurkeninsel im Süden.

Natürlich nicht in einem *Schiff,* denn auf einem gefrorenen Meer kann man nicht segeln.

Sie rasten in einem riesigen Wikingerschlitten viel zu schnell über das Eis, gezogen von sechs schneeweißen Säbelzahnzugdrachen, die größer waren als Löwen und schneller als Geparden.

Das schreckliche irre Brüllen kam aus dem Mund des Mannes, der den Schlitten lenkte, Grobian der Rülpser. Grobian leitete das Seeräuberausbildungsprogramm auf Berk. Er war ein gewaltiges Monster von einem Mann, eingewickelt in mehrere Felle, und man konnte ihn leicht für einen Grizzly mit einem schmutzigen roten Bart und ausgesprochen schlechten Manieren halten.

»MACHTSCHONMACHTSCHON, IHR ELENDEN WEISSWÜRMER!«, brüllte Grobian die Säbelzahnzugdrachen an und ließ die Peitsche über ihren Köpfen knallen. »ICH HAB SCHON SCHNECKEN GEHABT, DIE WAREN SCHNELLER ALS IHR! MEINE OMA HÜPFT SCHNELLER ALS IHR UND DIE IST HUNDERTVIER! JIPPIIIIIIIIIE!!«

Ein gewaltiger Fellarm holte mit einer Peitsche aus, die sich durch die Luft schlängelte wie eine schwarze Riesenschlange, die andere Hand schüttelte in irrsinniger Raserei die Zügel, sodass die Zugdrachen schreckliche, unkontrollierte Sprünge machten.

Hinter Grobian auf dem Schlitten saßen seine zwölf Schüler. Zehn davon waren hässliche junge Schlägertypen, die vor Aufregung genauso laut schrien wie ihr Lehrer. »JIPPIIIIIIIIIE!«, jauchzten sie, als der Schlitten auf eine Schneewehe traf, zehn Meter durch die Luft segelte und mit Wucht wieder aufs Eis krachte.

»JIPPIIIIIIIIIE!«

Die letzten beiden waren kleiner als der Rest und längst nicht so aufgeregt.

»Bin ich froh«, keuchte Hicks der Hartnäckige vom Hauenstein der Dritte, als der Schlitten mit einem grässlichen Kreischen unter einem Schauer von Eiskristallen auf einer Kufe dahinschlingerte, »bin ich froh, dass ich nicht gefrühstückt habe. Bestimmt müsste ich alles wieder ausspucken …«

Hicks ist tatsächlich der Held dieser Geschichte – auch wenn du ihm das bestimmt nicht angesehen hättest. Er war klein und rothaarig und sah ansonsten stinknormal aus.

Hicks' bester Freund Fischbein, eine magere Bohnenstange von einem Jungen, der unter Asthma litt und heftig schielte, hörte ihm gar nicht richtig zu. Er betete mit fest zusammengekniffenen Augen zu Thor. »Bitte, Thor«, bat Fischbein, »bitte lass es aufhören …«

Fischbeins Gebet würde gleich erhört werden.

Der Schlitten näherte sich viel zu schnell den hohen schwarzen Klippen Westgrobianiens, um noch rechtzeitig anzuhalten …

»Mach bloß nicht die Augen auf, Fischbein«, riet Hicks. Grobian der Rülpser richtete sich auf, legte sich mit einem gewaltigen »WOOOOOAH!!!« fast waagerecht nach hinten und zog an den Zügeln. Die Säbelzahnzugdrachen blieben so abrupt stampfend stehen, dass der Schlitten in einem weiten Bogen herumschwang … Bestimmt würden sie mit solcher Wucht gegen die Klippe krachen, dass sie alle zu Brei zerquetscht würden …

»AAAAAARGH!«, brüllte Hicks und schloss ebenfalls die Augen.

Kreischend und zitternd kam der Schlitten zum Stehen. Hicks öffnete die Augen wieder. Erstaunlicherweise lebten sie noch. Doch die glatte schwarze Wand der Klippe war nur Zentimeter von Hicks' Wange entfernt. Hicks hielt sich einen Augenblick am Fels fest, bis er nicht mehr zitterte.

»SCHÖN!«, bellte Grobian und kletterte völlig unbesorgt aus dem Schlitten. »WAS HOCKT IHR NOCH DADRIN? RAUS MIT EUCH UND STRAMMGESTANDEN, IHR JÄMMERLICHEN OHRWURMKÖTTEL!«

Gähnend und schwatzend holten die zwölf Jungen ihre Skier vom Schlitten und befestigten sie an den Sohlen ihrer Pelzstiefel.

Sechs Monate im Jahr lebten die Wikinger in EIS UND SCHNEE ... also musste ein heldenhafter Wikinger ebenso gut SKI FAHREN können wie SEGELN.

Heute waren sie auf einer Pfeil-und-Bogen-Jagd-auf-Skiern-Exkursion. Die Jungen mussten auf Skiern das Schurkengebirge hinunterfahren, den höchsten Berg der Inneren Inseln, und mit ihren Pfeilen möglichst viele Wintersprossige Schneespechte schießen.

»Ich erwische mindestens FÜNFZIG«, prahlte Rotzgesicht Rotznase, ein groß gewachsener Rüpel mit riesigen Nasenlöchern und einem Schnurrbart, der sich wie eine kleine pelzige Raupe auf seiner Oberlippe krümmte.

»RUHE!«, donnerte Grobian und ließ die Peitsche knallen. Augenblicklich herrschte absolutes Schweigen. Erstaunlich, aber wahr – einem schwer bewaffneten, durchgeknallten, zwei Meter großen Lehrer, der eine Peitsche schwingt, gelingt es hin und wieder, sich die Aufmerksamkeit seiner Klasse zu verschaffen.

»Ich bleibe hier und bewache den Schlitten«, rief Grobian.

»Sobald ihr am Berg seid, übernimmt Hicks der Hartnäckige vom Hauenstein der Dritte die Führung der Jagdgesellschaft.«

Zehn Jungen drehten sich stöhnend um und stierten Hicks wütend an.

JEDER EINZELNE war überzeugt, er würde einen besseren Anführer abgeben als Hicks.

Rotznase hatte drei Jahre in Folge den Hirnlose-Gewalt-Pokal gewonnen. Warzenschweini konnte mit bloßen Fäusten Stühle in Stücke hauen. Stinker der Dussel rülpste so laut, dass Glas zersprang.

Hicks dagegen war klein, mager und unscheinbar und machte nicht den Eindruck, als besäße er überhaupt irgendwelche Führungseigenschaften. Kleinlaut stand er auf einem Bein, dabei überkreuzten sich seine Skier und er fiel vornüber.

»Warum muss HICKS schon wieder die Führung übernehmen?«, wollte Rotzgesicht Rotznase mit zusammengebissenen Zähnen wissen.

»Weil Hicks der Sohn des HÄUPTLINGS ist und eines Tages FÜR IMMER die Zügel in der Hand hält, Thor steh uns bei ...«, erklärte Grobian, half Hicks auf die Füße und klopfte ihm mit haariger Hand den Schnee ab. »Noch Fragen?«, dröhnte Grobian.

Fischbein meldete sich. »Nur eine *kleine* Frage«, sagte er.

»Wie wollen wir denn überhaupt auf den Berg *rauf*kommen?«

»Die Säbelzahnzugdrachen SCHLEPPEN euch auf euern Skiern rauf«, antwortete Grobian. »Das dauert keine halbe Stunde.«

Unsicher betrachteten Fischbein und Hicks die großen weißen Geschöpfe, die gefährlich gedrückt auf dem Eis hockten. Zungen scharf wie Schwerter hingen ihnen aus dem Maul, und wenn sie ihre menschlichen Meister anblickten, lag in ihren katzengleichen Augen reinster Hass.

»Und damit basta«, sagte Grobian. »Ich warte hier auf euch und sehe euch in drei Stunden ... Ich brauche wirklich ein NICKERCHEN ... viel zu früh für mich ...«

Grobian machte es sich auf den Fellen des Schlittens bequem und gähnte gewaltig. »Oh, eins noch ... wie ihr wisst, ist die Schurkeninsel unbewohnt, aber gleich nebendran liegt die Tobsuchtsinsel und ich sollte euch warnen, dass um diese Jahreszeit Tobsüchtige in der Gegend sein *könnten* ...«

»TOBSÜCHTIGE?«, quiekte Fischbein leicht – nun ja, *tobsüchtig*. »Aber die Tobsüchtigen sitzen doch auf der Tobsuchtsinsel fest, oder?«

Die TOBSÜCHTIGEN, sollte ich erklären, waren ein besonders blutrünstiger und durchgeknallter Wikingerstamm. Selbst die Westgrobiane hatten Angst vor ihnen. Hicks war noch nie einem begegnet, doch er wusste, dass Tobsüchtige dich zuerst umbringen und erst danach Fragen stellen.

Normalerweise ließen sie die anderen Stämme jedoch in Ruhe, denn drei Viertel der Insel endeten in schwindelerregend hohen Klippen, die direkt senkrecht ins tiefe Meer stürzten, und an der Nordküste lag die Zornige Meeresenge, in der ein unglaublich riesiger, monströser Meeresdrache lebte, ein HORRORSCHLUND.

Das Gute daran war, dass niemand auf die Tobsuchtsinsel gelangen konnte und – noch wichtiger – die Tobsüchtigen kamen nicht von der Insel weg.

Außer um diese Jahreszeit …

»Denn um *diese* Jahreszeit«, dröhnte Grobian fröhlich, »ist die Zornige Meeresenge zugefroren und der Höllenschlund ist unter zwei Meter dickem Eis gefangen. Falls ihr also *zufällig* einem Tobsüchtigen über den Weg lauft – was SICHER nicht passiert, dafür ist es viel zu früh am Tag –, schlage ich vor, dass ihr schnellstmöglich in die entgegengesetzte Richtung rast.«

Und damit schlief Grobian kurzerhand ein.

WINTERSCHLAF DER DRACHEN

Die meisten Drachen halten Winterschlaf. Große Drachen suchen einen geschützten Ort auf, die kleineren buddeln sich einfach ein Loch, um darin zu schlafen. Je tiefer das Loch ist, desto härter wird der Winter.

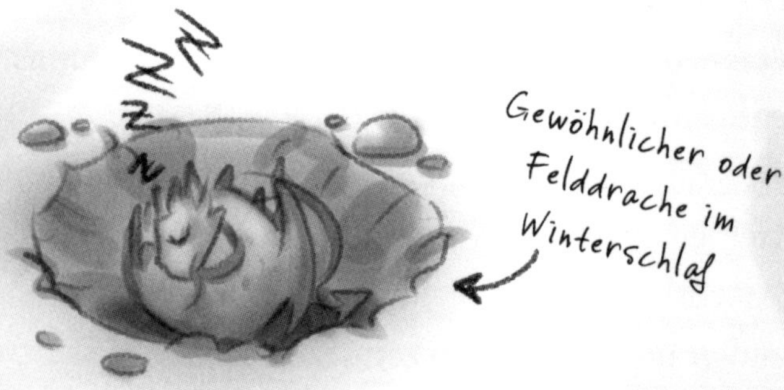

Manche Drachen, wie zum Beispiel Säbelzahnzugdrachen, halten gar keinen Winterschlaf, weshalb man sie Immergrüne nennt (was ein witziger Name ist, denn Säbelzahnzugdrachen sind immer weiß).

Eine Seite aus Hicks' Notizbuch, als er noch viel jünger war

Säbelzahnzugdrachen

Wikingerdrachen und ihre Merkmale

Säbelzahnzugdrachen *sind* riesige, löwenähnliche Drachen, die keinen Winterschlaf halten und daher den Wikingern *sehr* nützlich *sind*, um ihre Schlitten zu ziehen und *sie im* Winter die Berge hinaufzuzerren. Bekanntlich fressen *sie* gelegentlich ihre Besitzer.

Bewertung nach Punkten 0-10

2. SÄBELZAHNZUGDRACHEN

Grobians Schnarchen dröhnte so laut wie das Schnauben eines Walrosses, das einem anderen Walross fünfzig Eisberge weiter etwas zuruft.

Wie ein Mann ließen die Säbelzahnzugdrachen sich auf dem Eis nieder und rührten sich nicht mehr vom Fleck. Bei Wotans Achselhaar, die Zugdrachen waren GEWALTIG. Die Jungen schauten sie an.

»Na los, Hicks«, brummte Warzenschweini ungeduldig. »Übernimm die Führung!«

Hicks räusperte sich und schlug einen sehr vernünftigen Ton an. »Okay, Jungs«, sagte er auf Drachenesisch:* »Ich will keine Schwierigkeiten ...«

»Oh, schaut, er sssprichchchcht ...«, zischte ein besonders großer und brutaler Säbelzahnzugdrache. Ihm fehlte ein Auge und seine besonders königliche Haltung verriet, dass er der Anführer der Rotte war. »Die kleine menschliche Kaulquappe spricht in der edlen Zunge der Drachen ...«

Die anderen Zugdrachen lachten höhnisch.

»Also, wir wissen alle, was hier von uns erwartet wird ...«, fuhr Hicks fort.

»Wir wissen jedenfalls, was WIR jetzt machen«,

---

* Drachenesisch war die Sprache, in der sich die Drachen untereinander unterhielten. Nur Hicks beherrschte diese faszinierende Sprache.

feixte der Zugdrache, schloss sein Auge und ließ sich bequem nieder. »Wir machen hier ein hübsches langes NICKERCHEN, während ihr euch auf den höchsten Berg der Inneren Inseln hinaufquält …«

»Oh, um Thors willen!«, explodierte Rotzgesicht Rotznase. »Bei den Bestien kommst du mit deinem süßen ›Drachenesisch‹ nicht weit!«

Rotznase nahm Grobian die schwarze Peitsche aus der Hand und ließ sie knallen. *ZZZACK!*

Die Zugdrachen schlugen blinzelnd die Augen auf.

Noch einmal ließ Rotznase die Peitsche knallen und traf diesmal den einäugigen Säbelzahnzugdrachen im Gesicht.

Der Zugdrache sprang mit einem Jaulen auf und der Rest der Bande tat es ihm nach, aufgebracht, aber respektvoll. Die Jungen jubelten.

»So macht man das!«, grinste Rotznase und schlug aus reinem Spaß an der Freude auch noch einen anderen Drachen. Das Tier heulte auf und Rotznase lachte. »MIR nicht gehorchen, was, ihr GREINENDES, KRIECHENDES, SPALTZÜNGIGES GELUMP! Euch werd ich's zeigen!«

»Nicht, Rotznase«, sagte Hicks leise. Normalerweise bot Hicks Rotznase nicht die Stirn, doch er ertrug es nicht, so stolze und würdevolle Tiere wie Säbelzahnzugdrachen durch die Gegend tanzen zu sehen wie die Affen.

Rotznase hielt inne und drehte sich zu Hicks um. »Was

ist das denn?«, höhnte Rotznase. »Will Hicks der Nutzlose Rotznase dem HELDEN etwa vorschreiben, was er zu tun hat? Find dich damit ab, Hicks, der Schnee wird so blau wie die Nase von Grobian dem Rülpser, bevor DU Häuptling des Stammes der Raufbolde wirst.«

Rotznase ließ die Peitsche knallen. Sie schlängelte unbarmherzig auf Hicks zu und traf ihn an der Brust.

Es wäre ein sehr schmerzlicher Schlag gewesen, hätte nicht tief unten in Hicks' Jacke Hicks' kleiner, ungehorsamer Jagddrache Ohnezahn geschlafen.

Die Peitsche traf Ohnezahn an der harten, schwieligen Haut seines Hinterteils und weckte ihn aus dem Winterschlaf. Ohnezahn kletterte aus Hicks' Kragen, setzte sich auf seine Schulter und blähte wütend den Nacken auf. »Ohnezahn hat was am Po-Po-Po getroffen! W-wwie soll O-O-Ohnezahn denn sch-sch-sch-schlafen, wenn ihn was am Po-Po-Po t-t-t-trifft!«

»Warum hält dein lächerlicher Winzling von einem Jagddrachen nicht Winterschlaf wie alle anderen?«, polterte Rotznase.

»Ich hatte Sorge, es würde ihm zu kalt«, antwortete Hicks und tröstete Ohnezahn, indem er ihn zärtlich zwischen den Hörnern kraulte. »Er hatte sein Winterschlafloch nicht tief genug gegraben, und wenn ein Drache zu kalt wird, kann es passieren, dass er für Jahrhunderte schläft. Also hab ich ihn ausgegraben und trag ihn mit mir rum, damit er warm bleibt.«

»Und jetzt ist O-O-Ohnezahn zu FRÜH aufgewacht!«, wütete Ohnezahn. »Er f-f-f-friert!«

»Was«, spottete Rotznase, *»was* hat der lächerliche Winzling«, (Ohnezahn war tatsächlich der kleinste Jagddrache aller Zeiten und aller Länder), *»was* hat dein lächerlicher Froschlaich von einem Reptil denn da *an?«*

Ohnezahn trug einen Pelzmantel. Den hatte Hicks ihm gemacht, in dem verzweifelten Versuch, seinen kleinen Drachen warm zu halten.

»Oh, das ist zu gut … halt mich fest, Stinker!«, schnaubte Rotznase. »Hicks hat seinem putzi-putzi Drachen ein putzi-putzi-pelzi *Kleidchen* genäht!«

»Issn Ma-Ma-Mantel!«, zischte Ohnezahn. »Issn Ma-Ma-Mantel!«

»Ein Drache im Kleidchen!«, kreischte Rotznase.

»Ha Ha Ha Ha!«, grölten die Jungen. »Ein Drache im Kleid!« Selbst die Säbelzahnzugdrachen lachten mit.

»Oh, bei meinen scharfen Klauen«, sagte Einauge gedehnt. »Ich glaube, das ist der kleinste Jagddrache, den ich JEMALS in MENSCHENKLEIDERN gesehen habe! Schämt der sich nicht?«

Der arme Ohnezahn richtete sich auf Hicks' Schulter kerzengerade auf. Von den Hörnern abwärts nahm er einen zarten Rosaton an. Er klemmte die Kiefer zusammen und Rauchringe stiegen aus seinen Ohren.

»Issss ein se-se-sehr modischer Wintermantel«, sagte er barsch. »Ihr seid do-do-doch nu-nu-nu-nur neidisch.«

Rotznase fing an, Befehle zu brüllen. »Okay, genug Zeit vergeudet … Alle tun sich zu zweit zusammen und packen eins der Geschirre dieser Säbelzahn-Biester … ihr zwei VERLIERER«, er zeigte auf Hicks und Fischbein, »könnt den halb Blinden nehmen.«

»Du magst uns Menschen nicht besonders, nicht wahr, Einauge?«, sagte Hicks, als er und Fischbein sich hinter dem riesigen Säbelzahnzugdrachen in Position begaben.

Einauge spuckte eine gewaltige Feuergarbe in den Schnee. »Ich mag euch nicht besonders?«, zischte er. »Ich VERABSCHEUE euch mit jedem Tropfen meines reinen grünen Blutes ... Ihr Menschen seid hinterhältig, ungebildet, habgierig und gewalttätig. Ich bin seit vierzig Jahren Anführer meiner Rotte, in guten wie in schweren Zeiten. Was weiß Rotznase denn schon von wahren Führungsqualitäten? Er ist nur ein Schwein mit einer Peitsche in der Hand. Die Zähne tun mir WEH vor Hass ... es JUCKT mir in den Klauen, sämtliche zweibeinigen, kriechenden, sabbernden menschliche Wesen vom Planeten zu kratzen ...«

»Oh, toll«, sagte Fischbein nervös. »Wir haben einen Zugdrachen, der uns HASST. Dieser Vormittag wird doch immer besser ...«

Als sie endlich loskamen und Einauge sie GEMÄCHLICH die Schlucht hinauf durch einen dichten Kiefernwald zog, war von den anderen Jungen längst nichts mehr zu sehen.

Der Wald endete so plötzlich, wie er angefangen hatte, und der letzte steile Anstieg führte durch vollkommen kahles Gelände. Auf dem Gipfel des Schurkengebirges blieb Einauge stehen.

Ein einsamer Felsblock markierte den höchsten Punkt. Hicks klammerte sich an diesen Felsen, damit der Wind oder der schwindelerregende Sog des Abgrunds ihn nicht nach unten riss, und linste hinunter auf der anderen Seite auf die Zornige Meeresenge.

Normalerweise dröhnten und tobten das Meer und

der Höllenschlund durch diese tückische Meeresenge, strudelten und wanden sich und krachten ineinander. Jetzt war es dort still und eisig wie der Tod selbst und der einzige Hinweis auf den Höllenschlund war ein scheußliches Stöhnen, das in den Ohren dröhnte wie Kopfschmerzen, und ein dunkler Schatten, der sich langsam unter dem Eis bewegte wie eine gewaltige Wolke, die sich vor einem Gewitter zusammenballt.

»Lass uns hier so schnell wie möglich verschwinden«, bibberte Fischbein. »Auf dem Barbarenarchipel gibt es ja viele gruselige Orte, aber das hier ist sicher der GRAUSIGSTE und UNHEIMLICHESTE von allen.«

Ich weiß nicht, ob IHR jemals Jagen-mit-Pfeil-und-Bogen-auf-Skiern versucht habt, aber es ist eine ziemlich komplizierte Kunst. Als wäre auf Skiern bergab zu fahren nicht schon schwierig genug, muss man sich obendrein noch darauf konzentrieren, die verflixten kleinen Wintersprossigen Schneespechte zu ERWISCHEN, und das ist nicht gerade leicht, denn sie huschen durch die Luft wie Kolibris.

Zudem war Fischbein der haarsträubendste Skifahrer und schauderhafteste Schütze aller Zeiten. In dem jämmerlichen Versuch, das Gleichgewicht zu halten, wirbelte sein Bogen herum wie ein Windmühlenflügel, und selbst wenn seine Hände fest und sicher gewesen wären wie ein Fels, so waren seine Augen wegen seines schrecklichen Schielens so überkreuz wie seine Skier.

Ehrlich gesagt, wenn er ÜBERHAUPT etwas getroffen hätte, dann wäre es reiner Zufall gewesen. Er taumelte mit gebeugten Knien voran, in Klohaltung, die Skier nach innen in Schneepflug-Position, und beim ersten Anschein eines winzigen Hubbels im Schnee stürzte er und seine Skier lösten sich.

Hicks war kein so miserabler Skifahrer wie Fischbein, doch beim Sport geht es nicht nur um Geschicklichkeit, sondern auch um BEGEISTERUNG. Und Hicks war nicht wirklich begeistert. Insgeheim war er auf der Seite der Wintersprossigen Schneespechte, entzückende kleine Vögel, die Hicks oft von seinem Fenster aus beobachtete. Sie bauten interessante kleine Nester, die aussahen wie winzige Iglus.

Obwohl Wintersprossige Schneespechte in Scharen um sie herumschwirrten wie Fliegen um einen Kuhhintern, hatten Hicks und Fischbein nach anderthalb Stunden noch keinen einzigen Vogel geschossen.

»Mist! Mist! Mist!«, rief Hicks, als er schon wieder einen verfehlte.

Einauge schien sich köstlich zu amüsieren. »Ihr seid mal interessante Menschenwesen«, sagte er gedehnt. »Wikingern wie euch bin ich noch nie begegnet ... Ihr seid winzig und nicht besonders stark. Ihr könnt nicht Ski fahren. Ihr könnt nicht jagen. Ihr seid ziemliche Nichtsnutze.«

»SCHNAUZE«, fuhr Hicks ihn zornig an.

Fischbein war genau vierundfünfzig Mal gestürzt. Er war von oben bis unten voll Schnee und nass bis auf die Knochen. Und er zitterte heftig. Sah nach einer bösen Erkältung aus.

»Oh, das ist doch HOFFNUNGSLOS!«, rief er. »Absolut HOFFNUNGSLOS. HAAAAA-TSCHI! Rotznase und Stinker haben inzwischen wahrscheinlich die Hälfte aller Vögel auf dem Archipel abgeschossen und *wir* kriegen nicht mal einen *einzigen* lumpigen Schneespecht erledigt! Warum halten die elenden Vögel nicht wenigstens mal eine MILLISEKUNDE still?«

Als Hicks Fischbein zum fünfundfünfzigsten Mal auf die Beine half, glaubte er etwas zu hören, was wie ein tiefes menschliches Lachen klang. Es schien von irgendwo unter ihnen zu kommen, von einer Schneewehe.

Hicks ließ Fischbein, der sich auf einen Skistock stützte, stehen, befahl Ohnezahn, leise zu sein, und linste vorsichtig über die Schneewehe. Und dort, hundert Meter den Hang hinunter, erblickte Hicks etwas, bei dessen Anblick ihm ein Frösteln über den Rücken kroch.

Hinter Hicks' linker Schulter knurrte Einauge, der Säbelzahnzugdrache, grimmig. Die Stacheln auf seinem muskulösen Rücken richteten sich auf und er kniff die Augen zusammen. Sein Schwanz mit dem stacheligen Ende fegte gefährlich von einer Seite zur anderen. »Also, DIESE MENSCHEN«, zischte er, »DIESE Menschen *sind* wirklich gemeiner als die meisten ...«

»Was ist los?«, fragte Fischbein, wischte sich mit dem Ärmel die Triefnase ab und rieb sich den Hintern, der ihm wehtat von den vielen Stürzen.

»Tobsüchtige«, flüsterte Hicks. »Duck dich …«

Unterhalb von ihnen saßen sechs schwarz gekleidete Tobsüchtige am Hang. Daneben lagen fünf riesige tote Hirsche, deren Blut rot im weißen Schnee leuchtete. Die Tobsüchtigen hatten wohl eine Pause eingelegt, um zu frühstücken, bevor sie sich auf den langen Weg zurück ins Tobsuchtsdorf jenseits der Zornigen Meeresenge machten. Sie hatten ein kleines Feuer angezündet und stopften sich mit den Fingern Stücke vom Wild in den Mund. Ihre Skier, Bögen und Pfeile hatten sie hinter sich in den Schnee gerammt.

»Thor sei Dank haben sie uns nicht gesehen«, flüsterte Hicks Fischbein zu. »Komm, wir fahren leise auf dem Weg zurück, den wir gekommen sind.«

Das wäre ein ausgezeichneter Plan gewesen. Doch mit Fischbein geschah etwas Seltsames.

Er bot ohnehin schon einen furchterregenden Anblick, seine Augen tränten und aus der Nase triefte ihm der Rotz. Er zitterte ein wenig vor Fieber, und als er jetzt die Tobsüchtigen erblickte, wurde sein Gesicht zuerst rosa und dann knallrot. Er schnaubte zornig. »Die hirnlosen muskelbepackten Idioten!«, murmelte er.

»Jaja«, flüsterte Hicks, »aber komm jetzt …«

»Die Mörder … die sind einfach hingegangen und

Fischbeins Leitfaden, wie man nicht Ski fährt

Abb. 1
Eiere mit gebeugten Knien, nach hinten gestrecktem Po und fest entschlossener Mine vorwärts.

Abb. 2
Huch! Leichte Probleme mit der Balance bei Ski-Überkreuzung ...

Fischbeins Leitfaden, wie man nicht Ski fährt

Abb. 3
Sturz

Abb. 4
Es ist sehr wichtig zu lernen, wie man bremst.

haben am helllichten Tag die armen Hirsche getötet … diese stinkenden, blödsinnigen Scheusale …«

»Hast ja recht«, sagte Hicks, »aber wir müssen hier weg, bevor sie *uns* auch noch töten …«

Doch bevor Hicks ihn aufhalten konnte, war Fischbein aufgesprungen, hatte sein Schwert gezogen und schrie aus vollem Hals: »FEIGLINGE!!!!«

Die Tobsüchtigen hörten auf zu kauen und schauten erstaunt auf.

Sie waren mindestens genauso verblüfft wie Hicks, als Fischbein den Hügel hinunterschoss und in seinem Irrsinns-Schneepflug geradewegs auf die furchterregenden Krieger zuhielt. Mit den Skistöcken drosch er wie wild durch die Luft, seine Pfeile flogen aus dem Köcher wie die Stacheln eines wütenden Stachelschweins, er wurde mit jeder Sekunde schneller und brüllte aus voller Kehle: »IHR MISERABLEN MOLLUSKEN! IHR QUACKELNDEN, QUENGELNDEN STRANDSCHNECKEN! EUCH VERTÄNDELTES FEENVOLK ERLEDIGE ICH DOCH MIT EINER HAND AUF DEM RÜCKEN! STEHT AUF UND KÄMPFT WIE MÄNNER IHR FEIGEN, DUCKMÄUSIGEN KUTTELFISCHE!«

3. DIE JÄGER WERDEN ZU GEJAGTEN

Den Mund aufgerissen, fast wie in Trance sah Hicks zu, wie sein Freund in wilder Wut den Berg hinunterraste.

»IHR SCHEUSSLICHEN STINKENDEN SCHELLFISCHE!«, kreischte Fischbein. »IHR JÄMMERLICHEN PLANKTON-KRÜMEL! ICH HABE EUCH DURCHSCHAUT – BEI DEM GEDANKEN, GEGEN EINEN ECHTEN WIKINGER ZU KÄMPFEN, PLÄRRT IHR WIE DIE BABYS!«

Einauge, der Säbelzahnzugdrache, blickte Fischbein mit wachsender Ehrfurcht hinterher. »Ich hab deinen Freund wirklich unterschätzt«, grunzte er respektvoll. »Ich dachte, er wäre ein absoluter Kümmerling, aber ich muss zugeben, das ist MUTIG … selbstmörderisch, natürlich, aber zweifellos mutig …«

Die Tobsüchtigen waren dermaßen verblüfft, aus heiterem Himmel von einem einzelnen, zu klein geratenen, minderjährigen Mitglied eines anderen Wikingerstammes angegriffen zu werden, dass sie einen Augenblick lang erstarrten – die Hände mit Fleischbrocken auf halbem Weg zu den aufgesperrten Mäulern.

Fischbein schoss auf seinen Skiern geradewegs auf die Tobsüchtigen zu, schwang, als er in die Gruppe hineinfegte, wütend sein Schwert, natürlich ohne jemanden zu treffen, und bretterte über ihr Lagerfeuer hinweg weiter den Hügel hinunter. Sein Fellumhang fing kurz Feuer,

ABLEN MOLLUSKEN! IHR QUACKELNDEN, QUENGEL
MIT EINER HAND AUF DEM RÜCKEN! STEHT AUF

doch das wurde vom Fahrtwind rasch wieder ausgeblasen.

Die Tobsüchtigen hielten erstaunt inne und sahen zu, wie die kleine kreischende Gestalt den Hügel hinunterschlingerte. Dann schauten sie sich an und man musste ihnen nicht in die Gesichter sehen, um zu wissen, dass dies ein Lasst-ihn-uns-jetzt-sofort-umbringen-Blick war. Profimäßig und ohne große Eile befestigten sie ihre Skier, hängten sich die Bögen über ihre riesigen behaarten Schultern und folgten ihm.

»Oh, beim nackten Arsch des Großen Baldur«, fuhr Hicks voller Panik auf und schoss hinter Fischbein her den Hang hinunter, »die werden ihn umbringen, oder? Was mach ich nur?«

»Machen?«, fragte Einauge, der in langen, mühelosen

Schritten neben Hicks herhüpfte. »Da kannst du nichts machen ... dein Freund ist so gut wie tot ... wir Säbelzahnzugdrachen nennen so etwas eine wandelnde Leiche ... in seinem Fall wohl eher eine Ski fahrende Leiche. Da kannst du nichts machen, und wenn du weiter in die Richtung läufst, bist DU am Ende womöglich auch tot ...«

Es sah so aus, als hätte der Drache recht. Hicks hatte große Mühe, den Tobsüchtigen hinterherzukommen. Tobsüchtige sind riesig und wahrlich starke Skifahrer.

Und Fischbein hatte ebenfalls ein ziemliches Tempo drauf, weil er nicht auf die Idee kam, so etwas Extravagantes zu tun, wie Bögen zu schwingen. Er hatte seine Skier überhaupt nicht mehr unter Kontrolle und es war ein Wunder, dass er noch nicht gestürzt war. Ab und zu wandte er sogar den Kopf, um weitere Beschimpfungen über die Schulter zu brüllen.

Die Tobsüchtigen holten auf und ein Riesenhüne mit einer gigantischen doppelschneidigen Wurfaxt legte einen Pfeil an.

Hicks kam knirschend zum Stehen, Schnee stob auf. Er spannte ebenfalls einen Pfeil ein.

»Oh, bei meinen Hörnern und Barthaaren!«, schrie Ohnezahn. »Er wi-wi-wird was ma-ma-machen! Tu-tu-tu's nicht, Hicks! Tu-tu-tu's nicht!«

Hicks zielte sorgfältig und ließ den Pfeil los, der durch die Luft segelte und den Riesenhünen mit der Axt traf, der Fischbein gerade erschießen wollte – zisch, zack, genau in den Hintern.

Es war der erste Treffer, den Hicks an diesem Tag erzielt hatte.

»Guter Schuss!«, brüllte Einauge, der sich köstlich amüsierte.

Der Riesenhüne mit der Axt brüllte auf und seine Arme droschen wild durch die Luft. Er ließ seinen Pfeil los und der segelte in einer triumphalen Glückssträhne in einem perfekten Bogen … direkt in den Hintern des Tobsüchtigen vor ihm.

»Oh, das ist einfach zu gut …«, flüsterte Einauge ergriffen. »Kneif mich mal … heut muss mein Geburtstag sein …«

Der Tobsüchtige schrie auf vor Schmerz, schoss in einem Salto nach vorn und stieß seinen Kumpel vor ihm von den Skiern. Der wiederum fiel auf den Rücken, schlidderte von hinten in die letzten drei Tobsüchtigen, fegte sie um wie Kegel, sodass alle SECHS zu einem stöhnenden, fuchtelnden, fuchsteufelswilden, schneebedeckten Haufen ineinanderkugelten.

»Nicht übel«, murmelte Hicks. »Und noch besser wär's, wenn jetzt alle sechs mir folgen und nicht Fischbein.«

»Ich glaube, genau das haben sie vor«, schrie Einauge, der sich ausschüttelte vor Lachen. »Oh, ich glaube, genau das haben sie vor …«

»HIERHER!«, schrie Hicks, damit sie auch ja mitbekamen, wer für ihren Sturz verantwortlich war. Und sicherheitshalber rief er noch: »FALLS IHR KEINE ANGST HABT, ABGESCHOSSEN ZU WERDEN, IHR … ABARTIGER ABSCHAUM!«

»Schau, was du ge-ge-gemacht hast!«, stöhnte Ohnezahn. »Die To-To-Tobsüchtigen werden ganz schrecklich wü-wü-wü-wütend!« Wütend waren diese Tobsüchtigen, sie waren schier außer sich vor Wut, und Hicks schoss den Berg hinunter wie ein kleiner Blitz.

»Wir haben einen Vorsprung«, keuchte Hicks und fuhr auf seinen Skiern schneller als je in seinem Leben.

»Aber der reicht nicht«, ergötzte sich Einauge wonnevoll. »Du musst noch den halben Berg runter und sie werden dich einholen.« Und tatsächlich hörte Hicks schon schrecklich kurz darauf, wie die Tobsüchtigen die Verfolgung aufnahmen. Fünf Tobsüchtige heulten den Hysterischen Heuler wie ein Haufen irrsinniger Wölfe, und der sechste, der mit der Axt, stieß mehr persönliche Beschimpfungen aus.

»Wie kannst du es WAGEN, MEIN königliches Hinterteil anzugreifen, du Knirps von einem Raufboldmeuchelmörder! Wir Tobsüchtigen sind die besten Jäger der ganzen Welt, und wenn ich dich kriege, zerhack ich dich mit meinem Hackebeil und verfüttere dich an den Höllenschlund. Ich durchlöchre dich mit Pfeilen und benutz dich als Sieb!«

»Entzückend!«, grinste Einauge. »Die lieben Besuch, die Tobsüchtigen, was?«

Hicks schoss schnurstracks auf den Wald zu, denn dort konnten sie ihn sicher nicht so leicht treffen.

Also, auf Skiern einen von dichtem Wald bestandenen Hang hinunterzufahren, ist gefährlich und anstrengend und unter normalen Umständen lautet die erste Regel: FAHR LANGSAM. Doch dies waren keine normalen Umstände und Hicks schoss viel zu schnell in verrückten Schwüngen und Haken durch den Wald.

»S-s-sei vo-vo-vo-vorsichtig!«, ermahnte Ohnezahn ihn hilfsbereit. »Pa-pa-pass auf die Bäume auf!«

»Oh, danke, Ohnezahn«, keuchte Hicks spöttisch und schwang stürmisch hierhin und dahin. »Das wär mir ja im Leben nicht eingefallen ...«

Drachen haben viel schnellere Reflexe als Menschen, also konnten Einauge und Ohnezahn ihm mühelos folgen. Doch die Tobsüchtigen hielten sich auch nicht schlecht. Hicks hörte ein Krachen, als ein Tobsüchtiger nicht rechtzeitig auswich und auf einen Baum knallte.

Doch fünf Tobsüchtige jagten immer noch hinter ihm her. An ihren grässlichen Hysterischen Heulern hörte er, dass sie mit jeder Sekunde näher kamen …

»Du entkommst uns nicht!«, schrie der Riesenhüne mit der Axt. »Wenn ich dich in die Finger kriege, reiß ich dir jedes Glied einzeln raus und nehm dein Brustbein als Zahnstocher!«

Inzwischen war Grobian am Fuß der Schlucht aus seinem Nickerchen erwacht und zehn seiner Schüler waren von ihrem Jagdausflug zurückgekehrt.

Grobian hatte fünf Säbelzahnzugdrachen an den Schlitten gespannt und wartete auf die Rückkehr von Hicks und Fischbein.

»Ich habe neunzig Schneespechte abgeschossen«, prahlte Fausti. Warzenschweini war gehörig beeindruckt.

»Das ist doch GAR NICHTS«, krähte Rotznase. »Ich habe *zweihundertvier* erwischt ... war babyleicht, wie Angeln im Aquarium. Selbst Hicks der Nutzlose und sein lächerlicher fischbeiniger Freund müssen heute ein paar erwischt haben, SO erbärmlich können sie gar nicht sein.«

»WAS IST ÜBERHAUPT AUS DEN HOHLKÖPFEN GEWORDEN?«, tobte Grobian, dem allmählich ein wenig unbehaglich zumute war. Denn Hicks war der Sohn von Häuptling Haudrauf dem Stoischen (erbebe bei seinem Namen, stöhn, stöhn) und Haudrauf war ziemlich jähzornig und würde gar nicht entzückt sein, wenn seinem einzigen Sohn etwas zugestoßen wäre.

»Vielleicht haben die Schneespechte sie in einen Hinterhalt gelockt?«, feixte Rotznase.

Aus der Schlucht drang Geschrei und wie eine verirrte schneepflügende Rakete kam Fischbein herausgeschossen, die Arme wirbelnd wie Windmühlen. Fischbein fuhr so schnell, dass er unmöglich bremsen konnte. Er schoss am Schlitten, an Grobian, dem der Mund offen stand, an den Jungen vorbei und noch fünfzig Meter weiter, bis er schließlich doch zum Halten kam und auf dem Eis zusammenbrach.

Grobian, jetzt mit einem durch und durch unguten Gefühl in der Magengrube, lief hinter Fischbein her und hob ihn auf.

Fischbein sah grauenhaft aus, er hatte ein knallrotes, verschwitztes Gesicht und zitterte.

»HICKS?«, schrie Grobian. »WO ist HICKS?«

»Tobsüchtige …«, keuchte Fischbein. »Ha… Ha… Ha… tschi! *Tobsüchtige …*«

Grobian wurde weiß wie ein Wintersprossiger Schneespecht.

Über ihnen schoss Hicks wie ein Pfeil aus der Deckung des Waldes.

Direkt unter ihm war die Schlucht … er konnte Grobians Schlitten als winzigen Fleck erkennen und kleine Punkte, die sich darum herum bewegten. Die anderen Jungen hatten es offensichtlich zurückgeschafft …

Hicks wusste, wenn er die Schlucht hinunterfuhr, würde er es niemals schaffen. Die Tobsüchtigen waren ihm jetzt so dicht auf den Fersen, dass sie ihn abschießen oder fangen würden, bevor er unten war.

Er musste ganz schnell eine Entscheidung fällen.

Statt auf die Schlucht zuzuhalten, biss er eisern die

Zähne zusammen und richtete die Skier nach rechts, den Hang hinunter, der direkt zur Klippe führte.

»Wa-wa-was ma-ma-machst du da?«, kreischte Ohnezahn. »In de-de-der Ri-Ri-Richtung i-i-issi zweihundert Meter hohe K-K-K-klippe! Du-d-d-du sterben!«

Hinter ihm brachen die Tobsüchtigen aus dem Wald. Als sie sahen, wohin Hicks fuhr, versuchten sie erst gar nicht mehr, auf ihn zu schießen. Sie stürzten nur hinter ihm her und brüllten höhnisch: »Wohin willst *du* denn, Raufbold-ABSCHAUM?«

»Sag in Walhalla 'nen schönen Gruß von mir, denn dahin geht deine Reise!«

Sie konnten jetzt den Rand der Klippe sehen, wo die Schneedecke aufhörte und es steil nach unten ging.

»Haaaalt!«, kreischte Ohnezahn. »Ha-ha-haaaalt!«

»Warum?«, fragte Hicks. »Ich hab keine Wahl. Glaubst du, die Tobsüchtigen drücken mich freundlich und lassen mich ziehen?«

»N-n-nein!«, schrie Ohnezahn. »Aber du-du-du ka-ka-kannst nicht auf Skiern eine K-K-K-klippe runtersausen! Da-da-da geht's gaaaaanz weit runter!«

»Deswegen brauche ich deine Hilfe, Einauge«, sagte Hicks zu dem großen Säbelzahnzugdrachen, der neben ihnen herhüpfte.

»Und wie kommst du auf die Idee«,

höhnte Einauge, »dass ich dir helfen WILL? Ich hasse Menschen. Ein kleiner rosafarbener Sklaventreiber weniger macht MIR nichts aus.«

»Stimmt«, sagte Hicks. »Aber wenn ich sterbe, wird der nächste Häuptling des Stammes der Räuberischen Raufbolde …«

Das Gefälle war zu Ende. Hicks stürzte sich von der Klippe, warf sich mit seinem ganzen Gewicht nach vorn und schob die Skier weit auseinander.

Einauge folgte ihm und breitete seine großen Flügel aus.

»Wer wird dann Häuptling?«, fragte er drängend.

»Wer?« Einen Augenblick erhob sich Hicks in die prächtige Unendlichkeit des blauen Himmels wie ein Vogel. Und dann stürzte er ABWÄRTS.

»ROTZGESICHT ROTZNASE«, schrie Hicks im freien Fall. Er raste mit zweihundertvierzig Stundenkilometern schreiend auf das Eis zu.

Grobian der Rülpser, der von unten zusah, wie der heiß geliebte Sohn seines Chefs zu Tode stürzte, schrie ebenfalls.

In drei Sekunden würde Hicks auf dem Boden aufschlagen und dann wäre es aus mit ihm.

Nach einer Sekunde war Hicks sich ziemlich sicher, dass Einauge ihn retten würde.

Nach zwei Sekunden war er sich nicht mehr so sicher. Und in der Tat schaffte es der große Säbelzahnzugdrache

gerade noch so im letzten Augenblick. Entscheidende Millisekunden hielt sein Hass auf die Menschen ihn zurück … Doch dann faltete er die Flügel ein und tauchte hinter Hicks her.

Ein Säbelzahnzugdrache kann einen schnelleren und schöneren Sturzflug hinlegen als ein Wanderfalke. Einauge packte Hicks im letzten Augenblick mit seinen riesigen Klauen um den Bauch und fegte himmelwärts, die Flügel weit ausgebreitet wie ein riesiger weißer Drachenflieger. Hicks jauchzte vor Freude.

Unten jubelten die Jungen und schrien das Raufbold-Hurra. Grobian war so erleichtert, dass er praktisch in OHNMACHT fiel.

»Rotzgesicht Rotznase«, sagte Einauge. »Ist das der große Rothaarige mit dem Schweine-Gesicht?«

»Genau der«, krähte Hicks glücklich.

»Dann hast du recht«, sagte Einauge und stieg noch höher hinauf. »Vielleicht lohnt es sich ja doch, dich zu retten …«

Oben auf der Klippe war der Riesenhüne mit der Axt so wütend, dass er seine Skistöcke zerbrach wie Zweige. Sein wütendes Gebrüll stieg zu ihnen auf. »DU BIST NOCH NICHT IN SICHERHEIT! DU WIRST NIE IN SICHERHEIT SEIN!«, schrie er völlig außer sich. »DU KANNST GEHEN, WOHIN DU WILLST, ICH FIND DICH! ICH VERFOLGE DICH BIS AN DEN RAND DER WELT, BIS AUF DEN GRUND DES MEERES, BIS IN DIE GÖTTERGLEICHEN HÖHEN DES HIMMELS! ICH VERSPRECH DIR, DU RAUFBOLD-KAKERLAKE, DU WIRST ES NOCH BEREUEN, DASS DU NORBERT DER HOHLNUSS EINEN PFEIL IN DEN HINTERN GESCHOSSEN HAST!!« Und dann wurde seine Stimme immer leiser, bis sie sie nicht mehr hören konnten.

»Erinner mich dran«, sagte Hicks zu Ohnezahn, als sie weiterflogen, »dass

ich mich in den nächsten zwanzig Jahren auf keinen Fall der Tobsuchtsinsel nähere …«

»Ni-ni-niemals«, antwortete Ohnezahn voller Leidenschaft. »Nie-nie-niemals sollst du je wieder dahin gehen.«

Säbelzahnzugdrachen sind so dick und muskulös, dass sie nur kurze Strecken fliegen können, also stieg Einauge hinunter und setzte Hicks auf dem Schlitten von Grobian dem Rülpser ab. Grobian warf einen Blick auf die Tobsüchtigen oben auf der Klippe, die mit den Fäusten drohten und den Hysterischen Heuler heulten. Es war sicher keine gute Idee, noch länger hier herumzuhängen. Also lud er Fischbein und die anderen Jungen wieder auf den Schlitten und jubelnd und singend folgten sie dem fliegenden Säbelzahnzugdrachen zurück zu der kleinen Insel Berk.

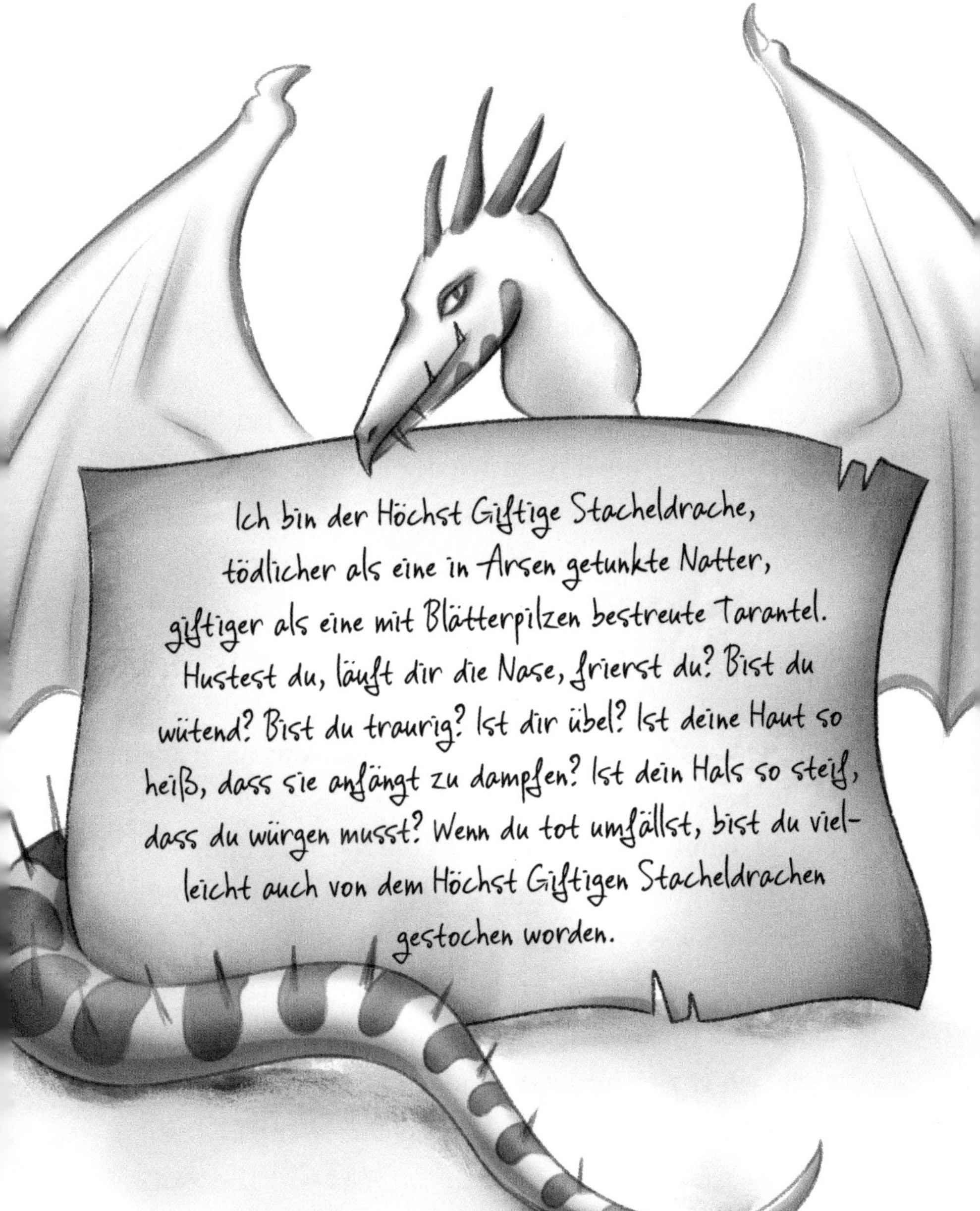
Ich bin der Höchst Giftige Stacheldrache,
tödlicher als eine in Arsen getunkte Natter,
giftiger als eine mit Blätterpilzen bestreute Tarantel.
Hustest du, läuft dir die Nase, frierst du? Bist du
wütend? Bist du traurig? Ist dir übel? Ist deine Haut so
heiß, dass sie anfängt zu dampfen? Ist dein Hals so steif,
dass du würgen musst? Wenn du tot umfällst, bist du viel-
leicht auch von dem Höchst Giftigen Stacheldrachen
gestochen worden.

4. STIMMT MIT FISCHBEIN WAS NICHT?

In dieser Nacht schlief Hicks nicht gut. Sobald er eindöste, wurde er von Norbert der Hohlnuss verfolgt, der brüllte: »Ich zermahl dich zu Feinstaub! Ich mach dich zu Hackfleisch mit meinem Hackebeil!« Dann fuhr Hicks hoch, glühend heiß und verschwitzt.

Ohnezahn erwachte am nächsten Tag in übelster Laune, weil er noch nicht wieder in Winterschlaf gefallen war. Dabei hatte er doch am Abend zuvor alles getan, was man tun sollte. Er hatte Gymnastik gemacht und zur Schlafenszeit Milch getrunken – und alles umsonst. Um Punkt fünf Uhr am nächsten Morgen schlug er seine grünen Augen auf wie eine Muschel, die ihre Schale öffnet, und das war's für diesen Tag. An Schlaf war nicht mehr zu denken.

Und damit war auch für Hicks die Nacht zu Ende.

Ohnezahn krabbelte von seinem Platz an Hicks' Füßen nach oben wie eine kleine wütende Wärmflasche. Er erstürmte Hicks' Körper, grub dabei seine scharfen kleinen Klauen ins Hicks' Bauch, als er hinauf zu seiner Stirn kletterte, wo er sich hinsetzte und wütend zischte.

»O-O-Ohnezahn scho-scho-schon WIEDER wach ... Isnich fair ... Isnich fair ... WARUM Ohnezahn wach? A-a-a-alle andern schlafen ...«

Es ist nicht besonders lustig, um fünf Uhr von einem Drachen geweckt zu werden, der auf deinem Kopf sitzt und dir wütende Rauchringe direkt in die Nasenlöcher pustet.

»Also, ich bin jetzt auch wach«, brummte Hicks und hustete verschlafen. »Könntest du die Rauchringe bitte woandershin blasen, mir tut schon der Hals weh …«

»Ach, du«, fuhr Ohnezahn wütend auf und stieß dicke Wolken wütenden Rauchs aus. »D-d-d-du b-b-b-bist nur ein Me-Me-Mensch, du z-z-zählst nicht ... wir D-D-D-drachen ... empfindlich ... Wi-wi-wir brauchen unseren Schlaf.«

»Danke, Ohnezahn«, sagte Hicks zwischen zwei Hustenanfällen, »aber wir müssen jetzt noch nicht aufstehen, wir können noch ein bisschen dösen ...«

Hicks drehte sich auf die andere Seite und kuschelte sich die Felle noch enger um die Schultern, um noch ein wenig zu schlummern.

Doch wenn Ohnezahn einmal wach war, war er WACH. Der kleine Drache tat halbherzig so, als kuschelte er sich an seinen Herrn, und dann sprang er wieder auf.

»Ohnezahn jetzt AUFstehen ...«, sagte er und flatterte um Hicks' Kopf herum, zog ihn an den Haaren und prustete ihm in die Ohren. »Issi wu-wu-wundibarer Morgen ... komm ... komm schon ... Ohnezahn hat Hunger ... Hicks soll Ohnezahn F-F-F-Frühstück machen ...«

Und als das alles nicht funktionierte, stellte sich Ohnezahn auf Hicks' Schulter, hielt mit einer Klaue behutsam sein Ohrläppchen fest und kreischte ihm direkt ins Ohr: »SOS, SOS! Ohnezahn muss mal Pii-pii, SO-SO-SO-FOAT!«

Hicks schoss kerzengerade in die Höhe, als hätte ihn ein Pfeil getroffen. »Oooh du schleimige Schleimqualle, nicht jetzt, Ohnezahn, nicht schon wieder aufs Bett ... durchhalten, Ohnezahn, halt noch ein bisschen durch ...«

Mit einem Satz sprang Hicks aus dem Bett auf den eiskalten Steinboden und warf sich vier Lagen Felle über, während Ohnezahn um seinen Kopf herumflatterte und zeterte: »SOFOAT, SOFOAT, Ohnezahn muss Piie-piie, SO-SO-SOFOAT.«

»Halt durch!«, flehte Hicks. Er musste seine Handschuhe ausziehen, um den großen Riegel an der Haustür zu öffnen, während Ohnezahn schrie: »Jetzt sofoat! Jetzt sofoat!« Hicks zog die Tür auf und der Tag draußen war immer noch so finster wie die Nacht und sehr, sehr kalt. So eisig war die Luft, dass es Hicks vorkam, als würde ihm ein Eimer eiskaltes Wasser ins Gesicht geklatscht.

Ohnezahn flog hinaus und kreischte immer noch: »Sofoat! Sofoat!«, und hockte sich einen Meter vor der Haustür in den Schnee.

»Gut gemacht, Ohnezahn«, sagte Hicks und schlug

die Hände zusammen, um sie warm zu halten. Ohnezahn gab sich den Anschein, sehr konzentriert die Hörner zu runzeln, doch nichts geschah.

Nach einer Weile stand Ohnezahn auf. »Ohnezahn mu-mu-muss doch nicht Pii-pii …«, sagte er entschieden.

Hicks schlug sich frustriert die Hände an die Stirn. Manchmal war es DIE PEST, Besitzer eines Drachen zu sein. Jetzt, wo er einmal aufgestanden war, hatte es keinen Sinn, wieder ins Bett zu gehen, also machte Hicks sich Frühstück, und dabei hatte er viel Zeit zum Nachdenken. Hicks machte sich Sorgen um Fischbein. Warum hatte Fischbein die Tobsüchtigen angegriffen? Das sah ihm gar nicht ähnlich. Normalerweise genügte Fischbein schon die leiseste AHNUNG von so etwas wie einem Tobsüchtigen und er schneepflügte schnellstmöglich in die entgegengesetzte Richtung. Okay, vielleicht hatten die vielen Stürze seine barbarischen Anlagen ein bisschen angeregt, aber seltsam war es trotzdem …

Fischbein hatte in letzter Zeit auch nicht besonders gut ausgesehen. Und dieses Niesen und Zittern ... aber das konnte ja wohl nichts mit seinen barbarischen Erbanlagen zu tun haben. Es kam Hicks fast vor, als STIMMTE mit Fischbein ETWAS NICHT …

Eine Stunde später wurde die Tür so heftig aufgerissen, dass sie beinahe aus den Angeln fiel, und Hicks' Vater, Haudrauf der Stoische, stürmte herein wie ein Zwei-Meter-Erdbeben und wollte frühstücken. Er riss den Mund zu einem so gewaltigen Gähnen auf, dass man seine Mandeln sehen konnte.

Haudrauf der Stoische war genau so, wie man sich einen Wikinger vorstellt – gewaltiger Bart und nicht viel Hals, jede Menge Muskeln, aber nicht viel los im OBERSTÜBCHEN.

»Hast du Haferbrei gekocht, Junge?«, brüllte er. »Ausgezeichnet, ausgezeichnet.« Haudrauf machte sich nicht die Mühe, den Haferbrei in eine Schüssel zu tun. Er nahm einfach den Kessel vom Feuer, setzte sich an den Tisch und kippte den Haferbrei direkt aus dem Topf in sich hinein.

»Vater?«, sagte Hicks.

»Mhm?«, knurrte Haudrauf geistesabwesend und legte den Kopf in den Nacken, um den letzten Rest Haferbrei zu vertilgen. Einiges davon rann wie ein klebriger, klumpiger Fluss über seinen Bart.

»Kannst du mir vielleicht helfen … ich mache mir Sorgen um Fischbein …«, sagte Hicks.

Haudrauf verputzte den Haferbrei mit einem gewaltigen Schmatzen und pfefferte den Kessel fröhlich in den offenen Kamin.

»Ist Fischwein dein seltsamer kleiner Freund, der aussieht wie ein depressiver Schellfisch?«, dröhnte Haudrauf, nahm sich eine Makrele vom Tisch und verschlang sie mit einem Happs samt Schwanz, Kopf und allem wie ein Schwertschlucker sein Schwert.

»Richtig«, sagte Hicks, »und sein Name ist nicht Fischwein, sondern Fisch*bein* …«

»Na, das ist ja ein Zu-Zu-Zuknall, oder wie das heißt«, bellte Haudrauf.

»Meinst du Zufall?«, fragte Hicks höflich.

»Egal!«, dröhnte Haudrauf. *»Ich* mach mir auch Sorgen um Fischwein.«

»Ehrlich?«, fragte Hicks überrascht. Es sah Haudrauf gar nicht ähnlich, sich um *irgendetwas* Sorgen zu machen.

»Ja«, sagte Haudrauf ernst. »Ich muss mit dir reden. ERNSTHAFT. Komm her, Hicks.«

Hicks ging zu seinem Vater und blieb vor ihm stehen. Häuptling Haudrauf legte seinem Sohn die Hände auf die Schultern und sah ihm in die Augen. Hicks versuchte auch, ernst zu blicken, doch es ist schwer, seinen Vater wirklich ernst zu nehmen, wenn sein Bart von oben bis unten mit Haferbrei bekleckert ist.

»Junge«, sagte Haudrauf der Stoische, »du bist der Sohn des Häuptlings und sein Erbe als Chef des Stammes der Räuberischen Raufbolde. Ein Mann wird nach der Gesellschaft beurteilt, mit der er sich umgibt, und ich muss dir leider mitteilen, dass Fischwein der irrsinnigste kleine Irre ist, der mir je untergekommen ist. Du musst ihn aufgeben, Hicks, gib ihn auf …«

»Aber, Vater«, protestierte Hicks. »Fischbein ist mein *Freund.*«

»RUHE!«, brüllte Haudrauf. Und dann sagte er etwas freundlicher: »Ich weiß, dass das nicht leicht ist, Sohn, aber ein Häuptling steht in der Öffentlichkeit. Die anderen Stämme müssen uns Raufbolde FÜRCHTEN, damit sie nicht auf die Idee kommen, sich ranzuschleichen und uns zu überfallen … Fischei ist ein … also, sehen wir den Tatsachen ins Auge, Sohn, er ist ein bisschen SELTSAM. Du stehst Fischei zu nah, Sohn. Die Dickschädel und die Westgrobiane und die Sumpfdiebe und die Tobsüchtigen werden noch denken, dass du ebenfalls ein bisschen seltsam bist … ein bisschen weich, ein bisschen SCHWACH. Damit bringst du den ganzen Stamm in Gefahr.«

»Ja, Vater«, sagte Hicks unglücklich.

»Du musst dich mehr anstrengen, FURCHTERREGEND zu sein, Hicks.« Haudrauf klopfte seinem Sohn auf die Schulter und betrachtete mitfühlend sein Gesicht. Es fiel ihm echt schwer, aber es war nur zu Hicks' Bestem.

»Und so einer wie Fischwein ist da nicht besonders hilfreich. Gib ihn auf, Sohn. Dein Cousin Rotznase, also, *das* wäre ein passender Freund für dich. Der strahlt was richtig Gefährliches aus. Wenn du dich gut stellst mit Rotznase, wird man dich im ganzen Archipel fürchten. Beantwortet das deine Frage?«

»Ja, Vater«, sagte Hicks sehr traurig.

Haudrauf der Stoische schlug seinem Sohn kräftig auf den Rücken. »Guter Junge«, dröhnte er. »Ich wusste doch, dass du zur Vernunft kommen würdest. Und jetzt machen wir uns besser zum Freyatags-Fest fertig … Wir wollen doch nicht zu spät kommen, was? Alt Faltl hat mir einen Tipp für den Hauknüppel-auf-Eis-Wettstreit der Jungen Helden gegeben … Er hat ein wenig Rußlesen* betrieben und hat gesagt, wir Raufbolde würden zehn zu zwei gewinnen. Ich will ein bisschen was drauf wetten. Lauf und hol deinen Knüppel und deine Schlittschuhe. Beeil dich, Junge.«

---

* Rußlesen bedeutet, in die Zukunft zu schauen.

Langsam ging Hicks und holte seinen Hauknüppel. Traurig griff er nach seinen Schlittschuhen. »Alt Faltl kann nicht besonders gut in die Zukunft sehen«, warnte er seinen Vater, doch Haudrauf hörte ihm gar nicht zu.

Haudrauf hörte nur selten zu.

DRACHENESISCH LERNEN

SAUBERKEITSERZIEHUNG

Du: Ohnezahn, du *wissi*, ich *willi* du *stinki-stunki* *in* die Grünklaue-Kacktopf ...
Ohnezahn, du weißt, dass ich möchte, dass du dein Aa in der Drachentoilette machst.

Drache: Oh *jaaaa*, *jaaa*, ich *wissi* ...
Jaja, ich weiß …

Du: (zeigst auf einen großen Haufen mitten auf Haudraufs Bett) Äääh ... *wasse* da?
Und was ist dann das da? Pause

Drache (hoffnungsvoll): Emmmm ... *issi* Schoggi-mjam-krümli?
Ähm … ein Schokoladenkeks?

Du: I*ssi* nich Schoggi-mjam-krümli, *issi* *stinki-stunki*, *issi* *stinki-stunki* di Ohnezahn. I*ssi* nich *inni* Grünklaue-Kacktopf, abba mitti-mangi *indi* Schnorchibox di Papa.
Das ist kein Schokoladenkeks, das ist ein Haufen, und zwar einer von deinen Haufen, Ohnezahn, und er ist nicht in der Drachentoilette, er liegt zack, mitten auf dem Bett meines Vaters.

Feiert die Ankunft des Frühlings am

FREYATAGS-FEST

Festprogramm

→ 10 Uhr Hauknüppel-auf-Eis-Wettstreit der Jungen Helden auf dem zugefrorenen Hafen. Keine Regeln. Kein Pardon. Keine Überlebenden. Keine Grenzen.

→ 11 Uhr Schlamm-Schnee-Catchen. Kann Berta die Prallbusige zum dritten Mal hintereinander die Meisterschaft im Schnee-Catchen gewinnen? Wird dieser Busen auch diesmal ungeschlagen bleiben?

→ 12 Uhr Versucht euch am Gefrorenen Glückstopf. Wir haben 500 Alltagsgegenstände in 500 identische Eiswürfel eingefroren. Wer errät, was drin steckt, darf das nützliche Ding mit nach Hause nehmen.

→ Den ganzen Tag: Feiert den Frühling mit Tintenfisch-Lutschern, gegrillten Wintersprossigen Schneespechten und Quallen-Eiscreme.

5. HAUKNÜPPEL-AUF-EIS

Das Freyatags-Fest fand jedes Jahr am Vorabend des Freyatags statt, dem Feiertag, mit dem die Wikinger das Ende des Winters und die Ankunft des Frühlings feierten. Dieses Jahr wurde das Fest mitten auf dem zugefrorenen See im Raufbold-Hafen abgehalten. Ein seltsamer Gedanke, dass noch vor sechs Monaten hier ein graues, mürrisches Meer gewütet hatte. Jetzt standen überall auf dem Eis verteilt rot-weiß gestreifte Zelte. Auf hoch lodernden Feuern wurden Wintersprossige Schneespechte gegrillt, die die Wikinger knabberten, wenn sie zwischen den Ständen herumspazierten, an denen Tintenfisch-Lutscher verkauft wurden, oder wenn sie den Geschichten der Geschichtenerzähler zuhörten oder mit offenem Mund zuschauten, wie Hünen auf Schlittschuhen Zwerge auf dem Kopf balancierten.

Für den Hauknüppel-auf-Eis-Wettstreit war ein großes Spielfeld abgesteckt worden. Hauknüppel-auf-Eis war ein sehr raues, kompliziertes Spiel, das mit Hauknüppeln, Bällen und Schlittschuhen gespielt wurde. Niemand kannte die Regeln so ganz genau, was bedeutete, dass die Leute sie einfach beim Spielen erfanden, und wenn einer was dagegen hatte, gab's Streit.

Die Jungen Helden waren als Erste dran, gefolgt von den Erwachsenen Kriegern. Sie würden gegen einen anderen Stamm spielen, die Sumpfdiebe, die an diesem Tag zu den Festlichkeiten eingeladen worden waren.

Die Sumpfdiebe waren ein Stamm furchterregender weiblicher Krieger, die auf einer Insel irgendwo im Westen lebten. Ihre Chefin, Berta die Prallbusige, stand in der Nähe, trank einen Kelch Bier nach dem anderen und kratzte sich an ihrem stoppeligen Kinn.

Ihre Tochter Kamikazzi, ein sehr kleines Mädchen mit dem größten Großmaul und dem struppigsten Haar auf den Inneren Inseln, übte, ihren Schläger zu schwingen. Kamikazzi war eine Freundin von Hicks und er spazierte zu ihr hinüber, um sie zu fragen, ob sie Fischbein schon gesehen hätte.

»Nein«, sagte Kamikazzi fröhlich. »Aber ich hoffe, das Glück ist mit euch Raufbold-Jungen. Wir Sumpfdiebe werden euch Knirpse beim Hauknüppel-auf-Eis-Wettstreit AUSEINANDERNEHMEN. Ich wette, ihr Raufbolde seid darin hoffnungslos. Abgesehen natürlich von dir, Hicks«, fügte sie hinzu. Kamikazzi bewunderte Hicks sehr, seit er sie im Fort Finstericum davor gerettet hatte, von Haiwürmern gefressen zu werden.*

Zufällig glitt in diesem Augenblick Rotznase auf seinen Schlittschuhen vorbei und er fiel fast vornüber vor Lachen. »Hicks«, höhnte Rotznase. »Hicks erzielt so viele Tore, wie er gestern Wintersprossige Schneespechte ge-

* Das passiert in »Strenggeheimes Drachenflüstern«, einem anderen Band von Hicks' Memoiren.

schossen hat. Ich hab mehr als zweihundert erwischt. Wie viele hast du noch mal geschossen, Hicks? Wie war das noch … keinen??«

Hicks wurde rot. Kamikazzi wirkte sehr überrascht.

»HR-HR-HRM! Der Hauknüppel-auf-Eis-Wettstreit der Jungen Helden beginnt jeden Augenblick! Wenn beide Mannschaften sich bitte zum Spielfeld begeben …«, brüllte Grobian der Rülpser von der Mitte der Eisfläche.

Grobian hatte seine kürzeste kurze Hose angezogen, um Schiedsrichter zu spielen. Die Sumpfdiebe waren (abgesehen von Kamikazzi natürlich) große, grobe, gemein aussehende Mädchen mit schiefen Zöpfen, gebrochenen Nasen und baumstammdicken Oberschenkeln.

Fischbein wankte in letzter Minute aufs Spielfeld. Er sah noch schlimmer aus als beim letzten Mal, da Hicks ihn gesehen hatte. Er nieste und zitterte, konnte sich kaum aufrecht halten und stützte sich auf seinen Hauknüppel. Den rechten Schlittschuh trug er am linken Fuß und umgekehrt.

Hicks hob die Hand, um Grobians Aufmerksamkeit zu erregen. »Sir, ich glaube, Fischbein geht es nicht gut.«

»UNSINN!«, dröhnte Grobian. »Wikinger werden nicht KRANK! Grippe ist was für Weicheier! Erkältungen sind was für Babys! Seuchen sind was für Mädchen! ICH war in meinem ganzen Leben noch nie einen Tag krank, hatte nicht mal 'ne Halsentzündung. Ich will KEIN WORT mehr hören.«

Hicks und Fischbein schlidderten zum Spielfeld und Hicks stützte Fischbein, denn der konnte kaum einen Schlittschuh vor den anderen stellen.

»Du gehörst ins Bett«, sagte Hicks besorgt. »Du siehst schrecklich aus.«

Fischbein lachte spöttisch. »Hast du Grobian nicht gehört? Wikinger werden nicht KRANK … Ich bin nicht krank, ich zittere nur vor AUFREGUNG, weil ich an diesem frostbissig kalten Tag hier draußen sein darf …«

Grobian pfiff das Spiel an und warf den Puck in das Gedränge. Die Hölle brach los.

Zehn Jungen und Mädchen stürzten sich in einem wilden Drunter-und-Drüber aufeinander und schlugen sich mit ihren Holzknüppeln auf die Köpfe. Innerhalb von zwei Minuten lagen Warzenschweini, Planlos, Kuschelrowdy und Tödliche Tina platt auf dem Eis, Kamikazzi hatte sich irgendwie aus

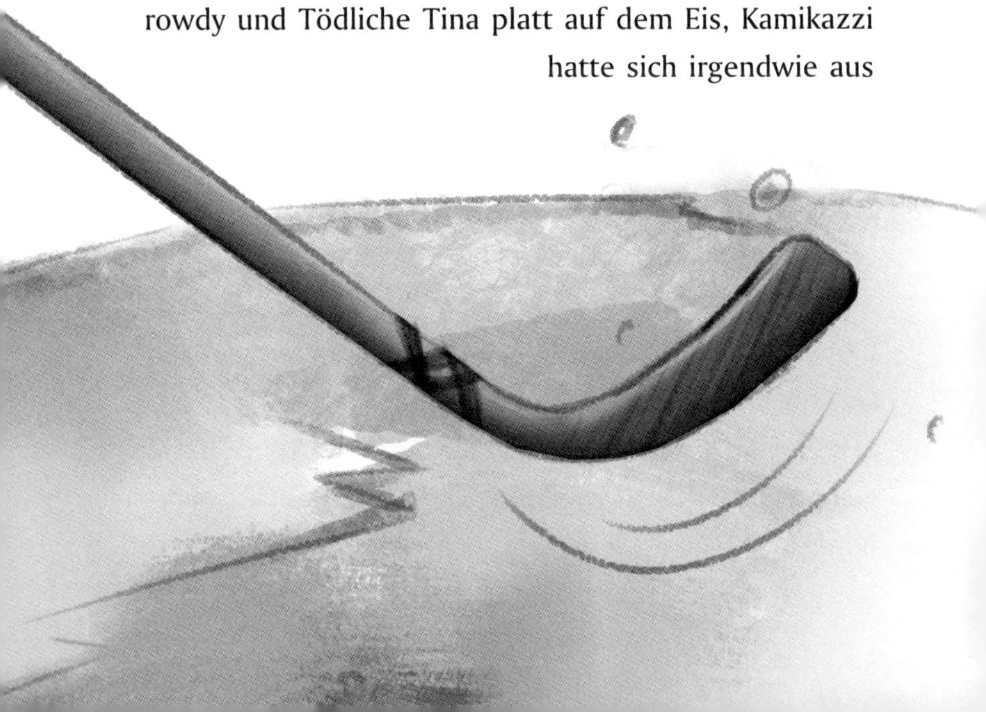

dem Gewühl befreit und schoss mit halsbrecherischer Geschwindigkeit auf Hicks und Fischbein zu. Fischbein rückte vor, um sie anzugreifen, und sie zog ihm den Helm über die Augen, sodass er nichts mehr sehen konnte, bevor sie den Puck geschickt zwischen die Torpfosten schoss.

Und als die Sumpfdiebe glücklich »TOOOOR!!« schrien, geschah mit Fischbein eine ganz seltsame Verwandlung.

Er riss sich seinen Helm vom Kopf und schnaubte wie ein wild gewordener Bulle.

»Oh, oh«, sagte Hicks. Diesen Blick hatte er schon einmal irgendwo gesehen. »Moment noch, Fischbein, tu nichts Unüberlegtes …«

»FOUL!«, kreischte Fischbein.

Schlitternd wie eine Krabbe auf Schmierseife, glitt

der schmächtige Fischbein auf den gigantischen Schiedsrichter zu. »GROBIAN, DU GROSSER, DOOFER, BARBARISCHER NEANDERTALER, BIST DU *BLIND?* SIE HAT MICH GEFOULT!«

Grobian starrte ihn so überrascht an, als wäre eine kleine rosa Garnele plötzlich vom Teller gehüpft, um ihn zu beißen.

»WAS hast du da gesagt, Fischbein?«, dröhnte Grobian erstaunt.

»SIND DEINE OHREN GENAUSO KAPUTT WIE DEINE AUGEN?«, schrie Fischbein. »ICH BIN JA SCHON *SCHAFEN* BEGEGNET, DIE INTELLIGENTER WAREN ALS DU! ICH HABE *QUALLEN* GETROFFEN, DIE WÜRDEN DICH BEIM SCHACH LOCKER BESIEGEN!«

Grobian schwoll an wie ein Ballon, der jeden Augenblick zu explodieren droht.

»ICH KÜMMRE MICH DARUM, RÜLPSER«, rief Haudrauf der Stoische und fuhr schwergewichtig übers Eis zum Schauplatz dieser außergewöhnlichen Szene.

Haudrauf der Stoische schaute aus der gigantischen Höhe von zwei Metern auf Fischbein hinunter. »JUNGER MANN«, dröhnte er, »DEIN HÄUPTLING SPRICHT MIT DIR. DIES IST EIN BESONDERER TAG … WIR HABEN SUMPFDIEBE ZU GAST.« Haudrauf zeigte auf die Sumpfdiebe, die sich halb totlachten.

Fischbein schwieg eine Sekunde und schaute hinauf zu seinem Häuptling. Und dann …

»DICKWANST!«, kreischte Fischbein. Haudrauf der Stoische starrte ihn an.

»SPECKROLLE!«, rief Fischbein. »Na, hast dir wohl zu oft einen Nachschlag gegönnt, Häuptling Gierschlund der Schwabbelbäuche??«

Haudrauf der Stoische wurde krebsrot. »WIE KANNST DU ES *WAGEN*, SO UNVERSCHÄMT UND FRECH MIT DEINEM HÄUPTLING ZU REDEN?«

Fischbein machte den Mund auf, um weitere Beleidigungen auszuspucken, doch Hicks ging dazwischen.

»Es geht ihm nicht gut, Vater«, flüsterte Hicks drängend. »Ich glaube, seine Berserkerkontrolle funktioniert nicht mehr richtig ... Bitte, Vater ... ich nehme ihn mit nach Hause, es geht ihm wirklich nicht gut.«

»Dann nimm ihn halt mit nach Hause«, knurrte Haudrauf. »Aber ich warne dich, Sohn, der Junge hat nicht das Zeug zu einem richtigen Raufbold, geschweige denn zum Freund des Häuptlingssohns.«

Fischbein wollte nicht weggezerrt werden, doch während er sich noch wehrte, fiel er hin, und der Schock, im kalten Schnee zu landen, brachte ihn wieder zu sich.

Jetzt machte Hicks sich wirklich Sorgen und beschloss, Fischbein zu Alt Faltl zu bringen. Vielleicht konnte der herausfinden, was mit ihm los war ...

Krankheit	Alt Faltls Heilmethoden für alltägliche Krankheiten
Erkältung	Steck eine kleine Mohrrübe in jedes Nasenloch, dann läuft die Nase nicht mehr. Vergiss nicht, durch den Mund zu atmen.
Verdorbener Magen	Trink eine Tasse voll lebender Ohrwürmer. Die Insekten greifen die Keime in deinem Dünndarm an und fressen sie. Wahrscheinlich.
Windpocken	Bestreich die Punkte mit Alt Faltls lindernder Lotion aus verdünnter Seemöwenkacke. Dann jucken sie nicht mehr. Und deine Freunde halten sich von dir fern und können sich deshalb auch nicht bei dir anstecken.
Kopfschmerzen mit Fieber	Alt Faltls leckere Arznei aus Schafsschleim und toten, in Spinnennetze eingewickelten Fliegen sorgt dafür, dass der Patient bald wieder aus dem Bett hüpft.
Ein Virus	Bete zu Thor. Niemand weiß, was man mit einem Virus macht.*

*Interessanterweise hat die medizinische Wissenschaft 1500 Jahre später solche Fortschritte gemacht, dass wir immer noch nicht wissen, was wir mit einem Virus machen sollen.

6. WAS ALT FALTL SAGTE

Alt Faltl war Hicks' Großvater mütterlicherseits. Er lebte in einem großen, unaufgeräumten Haus am Strand. Er freute sich, die Jungen zu sehen, und gab ihnen erst einmal Haferbrei zu essen. Ohnezahn döste vor dem lodernden Feuer im offenen Kamin, während Hicks' und Fischbeins Kleider über Stühlen hängend trockneten.

»Was kann ich für dich tun, kleiner Hicks?«, schnaufte Alt Faltl und zündete sich eine große dicke Pfeife an.

»Es ist wegen meinem Freund, Fischbein«, erklärte Hicks. »Dem geht's nicht besonders gut.«

Alt Faltl betrachtete Fischbein, der zitterte wie ein Blättchen im Sturm.

»Ach, komm schon, Hicks«, sagte Fischbein gereizt. »Ich sag doch, es ist nur eine BLÖDE ERKÄLTUNG ...«

»Tz, tz, tz«, machte Alt Faltl.

Alt Faltl war der Magier und Rußleser des Stammes der Räuberischen Raufbolde. Wenn man krank war, ging man zu Alt Faltl, und der untersuchte einen, fragte die Götter um Rat und gab einem eine durch und durch abscheuliche Arznei (zum Beispiel Hasenköttel in Napfschneckenschleim), die einem entweder half oder auch nicht. (Heilkunde und Hellseherei sind komplizierte Angelegenheiten, und – um die Wahrheit zu sagen – Alt Faltl kriegte beides nicht immer auf die Reihe.)

Alt Faltl legte Fischbein seine uralte Hand auf die Stirn, machte wieder »Tz, tz, tz« und murmelte: »Sehr heiß, sehr heiß. Und verschwitzt.« Mit einem seltsamen trompetenähnlichen Instrument hörte er Fischbeins Herz ab und machte schon wieder »Tz, tz, tz«.

Und dann warf er einige Zweige ins Feuer und schürte es mit einer langen Eisenstange. »Ach, du meine Güte!«, keuchte Alt Faltl und starrte auf die rote Glut.

»Das klingt doch erfreulich«, bibberte Fischbein.

»Das Feuer sagt, dass dein Freund STACHELDRACHITIS hat, verursacht durch den Stich eines HÖCHST GIFTIGEN STACHELDRACHEN«, erklärte Alt Faltl traurig. »Seid ihr kürzlich irgendwelchen Höchst Giftigen Stacheldrachen begegnet?« In Hicks' Magengrube machte sich ein unschönes kaltes Gefühl breit.

»Ja, *sind* wir ...«, sagte Hicks langsam. »Vor zwei Monaten ... da ist Fischbein ein Höchst Giftiger Stacheldrache über die Hand gekrabbelt, als wir aus dem Fort Finstericum geflohen sind ...«

»Aber der hat mich nicht gestochen!«, sagte Fischbein eifrig. »Ich hab nicht gespürt, dass mich was gestochen hat!«

Alt Faltl schüttelte den Kopf. »Der Stacheldrache betäubt die Haut, bevor er sticht. Das ist ziemlich schlau. Man merkt gar nichts. Und dann passiert erst mal nichts, aber zwei Monate später erkrankt man an Stacheldrachitis.«

»Und was sind die Symptome von Stacheldrachitis?«, fragte Hicks.

»Fieber … Triefnase … Gelegentliches Durchdrehen …«, antwortete Alt Faltl düster.

Hicks' Magen war jetzt so kalt wie Eis, doch er versuchte, fröhlich zu klingen. »Und was kann man dagegen tun?«

Alt Faltl klang noch düsterer.

»Aaaaalso …«, krächzte er, »das ist das Knifflige … Der Stich des Höchst Giftigen Stacheldrachen ist so ziemlich immer TÖDLICH.«

Schlimmes Schweigen.

»Aber das Gute ist«, fuhr Alt Faltl fort, »dass wir Zeit haben bis zehn Uhr morgen früh, um das Gegenmittel* zu finden, bevor dein Freund stirbt.«

»Oh, prima«, sagte Hicks, der sehr erleichtert war. »Dann GIBT es also ein Gegenmittel …«

Fischbein hatte mit offenem Mund zugehört. »Aber ich hab doch bloß eine BLÖDE ERKÄLTUNG!«, protestierte er. »Eine blöde Erkältung – und ihr wollt mir erzählen, ich hätte nur noch einen Tag zu leben!«

Hicks achtete gar nicht auf ihn. »Was ist das Gegenmittel?«, fragte Hicks.

»Da wird das Knifflige noch kniffliger …«, keuchte Alt Faltl. »Das Gegenmittel beim Stich des Höchst

* Ein Gegenmittel ist eine Arznei.

Giftigen Stacheldrachen ist das *Gemüse-dessen-Namen-niemand-zu-nennen-wagt.«*

»Was, du meinst, die KARTOFFEL?«, keuchte Hicks.

»Psssst«, flüsterte Alt Faltl und wedelte verzweifelt mit den Händen. *»Du darfst es nicht sagen! Das bringt Unglück!«*

»Aber die KARTOFFEL ist ein *Fantasie*gemüse!«, sagte Hicks, der glaubte, dass das ganze Gerede von Unglück nur Aberglaube war. »Sie existiert doch gar nicht!«[*]

»Manche behaupten, das Gemüse-dessen-Namen-niemand-zu-nennen-wagt könne in einem riesigen Land im Westen namens Amerika gefunden werden ...«, erklärte Alt Faltl.

»Aber die meisten behaupten auch«, sagte Hicks langsam, »dass es ein Land namens Amerika nicht gibt. Die meisten Leute sagen, dass es ein Fantasieland ist, an dessen Existenz nur Spinner und Bekloppte glauben. Die meisten Leute glauben, dass die Erde so flach ist wie ein Pfannkuchen, und wenn man zu weit nach Westen segelt, fällt man runter.«

»Das sagen tatsächlich die meisten«, räumte Alt Faltl ein, zuckte die Schultern und paffte weiter seine Pfeife.

»Und SELBST wenn es die sogenannte Kartoffel in diesem sogenannten Land Amerika tatsächlich gäbe«, disputierte Hicks, »könnten wir unmöglich in nur EINEM

---

[*] Kartoffeln wuchsen damals nur in Amerika und Amerika war noch nicht entdeckt worden.

TAG hinsegeln und das Gegenmittel finden. In einem Tag hat man kaum das Trübe Meer durchsegelt … was du da vorschlägst, ist unmöglich.«

»Un-MÖGLICH gibt's nicht, Hicks«, schnaubte Alt Faltl, »nur un-WAHRSCHEINLICH. Das Einzige, was uns einschränkt, sind die engen Schranken unserer Fantasie … und ich halte dich eigentlich für einen fantasiebegabten Jungen. Gib auf, wenn du willst … aber ich habe dich immer für einen gehalten, der NIEMALS aufgibt, wie schlecht die Sache auch steht.«

»Schön«, sagte Hicks verärgert. »Nenn mir *einen* guten Grund, nicht aufzugeben.«

»Einen Grund will ich dir nennen«, sagte Alt Faltl. »Es besteht die Chance, dass Norbert die Hohlnuss, Häuptling des Stammes der Tobsüchtigen, das Gegenmittel gegen Stacheldrachitis besitzt.«

Hicks sprang auf. »NORBERT DIE HOHLNUSS?!«, schrie er. »Wieso hat DER eine KARTOFFEL? Wo hat er die her?«

»Das erkläre ich dir, indem ich dir die Geschichte von dem Vater von Norbert der Hohlnuss und dem Höllenschlund erzähle«, sagte Alt Faltl.

»Mach das«, sagte Hicks, dem allein bei der Erwähnung von Norbert der Hohlnuss angst und bange wurde.

Alt Faltl zündete seine Pfeife wieder an. »Ich muss dich warnen, Hicks«, keuchte Alt Faltl zwischen zwei Zügen, »dass diese Geschichte, wie viele Geschichten, wahr sein kann oder *auch nicht* …«

Die Räuberischen Raufbolde glaubten, dass es eine GANZ DUMME IDEE sei, zu weit nach Westen zu segeln.

Die Geschichte des Vaters von Norbert der Hohlnuss und des Höllenschlunds

»Vor fünfzehn Jahren«, begann Alt Faltl, *»war Grobkarl, der Vater von Norbert der Hohlnuss, Häuptling des Stammes der Tobsüchtigen … Die Tobsüchtigen glauben nicht daran, dass die Erde flach ist und dass man, wenn man nach Westen segelt, irgendwann am Rand runterfällt. Die Tobsüchtigen halten das für Mumpitz. Grobkarl glaubte, dass die Erde so rund sei wie der Mond, und er machte sich auf den Weg, um es zu beweisen. Grobkarl baute das größte Wikingerschiff, das du je gesehen hast, und taufte es* Der Amerikanische Traum. *Er segelte damit durch Stürme, schwarz und wild wie Wotans Albträume, weit nach Westen. Vorbei segelte er an Eisbergen, die höher waren als der Großmast eines Schiffes, und immer weiter über die Große Grüne Meereswüste, und so weit er auch segelte, kam er doch nie ans Ende der Welt, denn die Welt ist rund wie ein Kreis und ein Kreis hat kein Ende.«*

Hicks konnte sich nicht mehr beherrschen. »Ist das wahr?«, platzte er heraus. »Ist die Welt wirklich ein Kreis, der kein Ende hat?«

»Ich habe keine Ahnung«, antwortete Alt Faltl ruhig. »Wie gesagt, es ist eine Geschichte. Sei still, dann erzähl ich dir das Ende.

Nach einer Reise, die ihnen endlos vorkam, fand Grobkarl endlich das Land, von dem er geträumt hatte, das Land namens Amerika. Es war ein wunderbares Land, voller natürlicher Schätze, wie das GEMÜSE-DESSEN-NAMEN-NIEMAND-ZU-NENNEN-WAGT, und freundlicher Eingeborener, die Grobkarl ›Federmenschen‹ nannte. Grobkarl verbrachte zwei glückliche Monate dort, bevor er nach Hause zurückkehrte.

Norberts Vater nahm ein gefrorenes GEMÜSE-DESSEN-NAMEN-NIEMAND-ZU-NENNEN-WAGT mit nach Hause, damit sie ihm auch glaubten, dass er wirklich in Amerika gewesen war. Auf der Heimreise hatte Grobkarl das eigenartige Gefühl, dass das Schiff VERFOLGT wurde. Zuerst dachte er, es sei ein riesiger Wal oder ein Hai, doch schließlich erkannte er, dass es etwas viel Schlimmeres war. Es war ein gewaltiger Meeresdrache, ein HÖLLENSCHLUND.«

»Das ist aber *wirklich* eigenartig«, unterbrach Hicks ihn. Er wusste ziemlich viel über Drachen, und das war ein sehr seltsames Verhalten für einen Höllenschlund. Höllenschlunde sind gefährliche, Angst einflößende Geschöpfe, aber normalerweise ignorieren sie Menschen einfach.

»Willst du jetzt wohl aufhören, mich dauernd zu unterbrechen?«, sagte Alt Faltl. *»Dieses grässliche Tier folgte* *ihnen den ganzen Weg von Amerika wie ein Fluch. Erst als sie die Zornige Meeresenge erreichten, griff das Tier sie an und versuchte, das Schiff zu verschlingen. Grobkarl war sehr mutig. Er ritt seinen Drachen, den Donnerer, und schoss einen Pfeil nach dem anderen auf den Höllenschlund. Es waren besonders spitze Pfeile, die Grobkarl von den Federmenschen bekommen hatte. Sie sind große Experten im Fertigen von Pfeilen. Einen einzigen Pfeil hatte Grobkarl noch, als der Höllenschlund ihn schließlich tötete. Seit diesem Tag hat der Höllenschlund die Zornige Meeresenge nicht verlassen. Seit fünfzehn Jahren kann niemand auf die Tobsuchtsinsel gelangen und niemand kann sie verlassen. Häuptling des Stammes der Tobsüchtigen ist jetzt der Sohn von Grobkarl, Norbert die Hohlnuss. Er ist nie über den Tod seines Vaters hinweggekommen. Es heißt, dass er das gefrorene Gemüse-dessen-Namen-niemand-zu-nennen-wagt in einem Kästchen aufbewahrt und dass es in einem so guten Zustand ist wie vor fünfzehn Jahren.*

Also«, sagte Alt Faltl, »das ist die Geschichte von Grobkarl und dem Höllenschlund. Natürlich ist die Zornige Meeresenge um diese Jahreszeit zugefroren und der Höllenschlund ist unter dem Eis gefangen. Und die Tobsuchtsinsel erreichst du mit dem Schlitten in nur drei Stunden.«

Hicks sprang auf die Füße. »Ich weiß«, sagte er. »Wir waren erst gestern dort. Wir haben keinen Augenblick zu verlieren … Ich muss zur Tobsuchtsinsel und das Gegenmittel holen.«

Fischbein sperrte Mund und Nase auf. »Das ist doch nicht dein Ernst … DU WILLST TATSÄCHLICH ZURÜCK ZUR TOBSUCHTSINSEL??? An den gruseligsten, grausigsten, furchteinflößendsten Ort, an dem ich in meinem ganzen Leben war, und du willst da auch noch IM DUNKELN hin?«

»Im Dunkeln sehen die Tobsüchtigen mich nicht kommen«, erklärte Hicks.

»Du hast Norbert der Hohlnuss einen PFEIL in den Hintern geschossen!«, jaulte Fischbein. »Glaubst du, du könntest ihn höflich bitten, dir sein kostbares amerikanisches Gemüse zu geben, und er würde es dir einfach IN DIE HAND DRÜCKEN?«

»Wir müssen vielleicht auch Diebstahl ins Auge fassen«, räumte Hicks ein.

»Und all das nur wegen Alt Faltls RUSSLESEREI? Jeder weiß doch, dass Alt Faltl im Rußlesen fast so hoffnungslos ist wie du im Fremde-Vertreiben.«

»Danke«, murmelte Alt Faltl.

Fischbein war noch nicht fertig. »Ich sag doch … ich hab nur eine BLÖDE ERKÄLTUNG … Ha… ha… ha… tschi! Eigentlich geht's mir gar nicht gut … hast du was dagegen, wenn ich mich kurz hinlege?«

»Fühl dich wie zu Hause«, sagte Alt Faltl. »Du kannst dich in *mein* Bett legen … und ich mach dir ein bisschen heiße Zitrone mit Honig. Vergiss nicht, Hicks, du hast bis morgen früh zehn Uhr, bevor Fischbein stirbt … *Zehn* Uhr am Morgen, denk dran …«

Also überließ Hicks es Alt Faltl, sich um seinen guten Freund Fischbein zu kümmern, und lief zur Tür hinaus. Er hatte endlich begriffen, dass er womöglich nicht mehr viel Zeit hatte …

Er wusste es in diesem Augenblick zwar noch nicht, aber er machte sich gerade auf zu dem gruseligsten, bedrohlichsten und fürchterlichsten Abenteuer seines Lebens. Er brach auf zu einer Heldenfahrt, die nicht nur ein Wettlauf gegen die Zeit sein würde, sondern die ihn auch zu einem furchterregenden Monster führen würde und in eisige Gefahren – von den Barden fortan besungen als *Die Suche nach der Gefrorenen Kartoffel.*

Selbst wenn die Erde rund wäre wie eine
Kartoffel (wie lächerlich!) und wenn du das
Land deiner Träume auf der andere Seite des
Meeres erreichen könntest (wie dumm!), wäre
ich schon dort und würde auf dich warten. Also,
gib auf, gib auf, gib auf, gib auf. Denn
niemand kann den Fluch des Höchst Giftigen
Stacheldrachen überlisten. Und du hast nur
noch fünfzehn Stunden.

7. DIE SUCHE NACH DER GEFRORENEN KARTOFFEL

Gefolgt von einem murrenden Ohnezahn marschierte Hicks von Alt Faltls Haus zurück zu den Feierlichkeiten im Hafen. Sechshundert Meter lang war er sich sicher, was er tun würde. Er würde zu seinem Vater gehen, ihm erklären, was passiert war, und ihn bitten, zur Suche nach der Gefrorenen Kartoffel aufzubrechen.

Doch als er seinen Vater schließlich fand, der sein Glück beim Gefrorenen Glückstopf versuchte, war er sich plötzlich nicht mehr so sicher.

Haudrauf war nicht so erfreut wie sonst, seinen einzigen Sohn zu sehen. Er hatte gerade eine große Wette verloren, weil die Jungen Helden der Sumpfdiebe die Jungen Helden der Raufbolde bei dem Hauknüppel-auf-Eis-Wettstreit VERSENKT hatten, mit vierzehn zu null Toren. Also war Haudrauf nicht gerade bester Laune.

»*Zum Teufel* mit Alt Faltl und seinem dämlichen Rußlesen. Ein LEICHTER SIEG für die Raufbolde, hat er gesagt. Setz dein ganzes Geld drauf. Und was passiert? Die Sumpfdiebe gewinnen vierzehn zu NULL. Ich hätte es wissen müssen«, murmelte Haudrauf bei sich, als er einen großen Eisblock aus dem Gefrorenen Glückstopf zog und versuchte herauszufinden, was darin eingefroren war. Ein Fisch? Eine nützliche Axt? Ein kleiner Stuhl?

»Vater«, sagte Hicks entschlossen. »Ich möchte dich auf eine Heldenfahrt schicken.«

Haudrauf sah seinen Sohn überrascht an. »Was für eine Heldenfahrt?«

»Du erinnerst dich doch an meinen Freund Fischbein?«, sagte Hicks.

Haudrauf rieb sich verärgert die Nase und brummte.

»Alt Faltl sagt, er hat dich nur angeschrien, weil er von einem Höchst Giftigen Stacheldrachen gestochen worden ist, und das führt zu gelegentlichem Durchdrehen, weißt du … und es ist so, Vater, dass Fischbein womöglich STIRBT, wenn wir das Gegenmittel nicht rechtzeitig finden, sagt Alt Faltl …«

Haudrauf sah aus, als wüsste er nicht recht, ob er traurig sein sollte oder glücklich … doch dann blickte er seinen Sohn an und setzte rasch ein bekümmertes Gesicht auf.

»Ähm … ja… oh, du liebes BISSCHEN …«, sagte Haudrauf.

»Ich möchte dich also auf die Suche nach dem Gegenmittel schicken«, verkündete Hicks.

»Was ist das Gegenmittel?«, fragte Haudrauf der Stoische.

»Alt Faltl sagt, dass das Gegenmittel die Kartoffel ist«, sagte Hicks.

»PSSSSST!«, sagte Haudrauf. »Du darfst den Namen nicht laut sagen! Und das Gemüse-dessen-Namen-niemand-zu-nennen-wagt ist ein *Fantasie*gemüse … das weißt du doch sicher, Hicks?«

»Alt Faltl sagt, dass die Tobsüchtigen nach Amerika gesegelt sind und eine gefrorene Kartoffel mitgebracht haben«, fuhr Hicks störrisch fort. »Deshalb will ich die Kartoffel FINDEN und Fischbeins Leben retten.«

»DAS VERBIETE ICH DIR!«, dröhnte Haudrauf.

»Wenn wir nicht an die Kartoffel glauben, dann STIRBT Fischbein vielleicht!«, dröhnte Hicks zurück.

Haudrauf der Stoische verlor die Geduld und schwenkte das Unbekannte Frostige Objekt (U.F.O.) über seinem Kopf. Er brüllte seinen Sohn so laut an, dass dem armen Hicks die Ohren klingelten.

»DEIN FREUND FISCHBEIN IST EIN KLEINER IRRER, DER MICH GERADE EINEN SCHWABBELBÄUCHIGEN DICKÄRSCHIGEN GIERSCHLUND GENANNT HAT!«

Hicks fuhr zusammen, als wäre er geschlagen worden, und da schämte Haudrauf sich und riss sich zusammen. Er klopfte seinem Sohn auf die Schulter und versuchte, einen vernünftigeren Ton anzuschlagen.

»Schau, Sohn, ich weiß, dass das schwer ist für dich, weil du an deinem Freund hängst, aber nehmen wir einfach mal an, Alt Faltl hätte ausnahmsweise einmal recht. Selbst dann: Für einen kleinen Irren, dessen Schicksal besiegelt ist, setze ich als Häuptling BESTIMMT NICHT das Leben meines einzigen Sohnes aufs Spiel.«

»Ist genau das nicht die AUFGABE des Häuptlings?«,

fragte Hicks standhaft. »Fischbein hat doch sonst niemanden, der sich um ihn kümmert.«

»Du lässt DIE FINGER davon«, sagte Haudrauf sehr ernst. »Denn ich VERBIETE es und das ist ein Befehl, Sohn. Ein Befehl deines HÄUPTLINGS.«

Haudrauf setzte sich das U.F.O. auf den Kopf (er war zu dem Schluss gekommen, es sei ein HELM) und stolzierte davon.

Das Fatale daran, auf Heldenfahrt zu gehen, um das Leben seines kranken besten Freundes zu retten, ist, dass man keinen besten Freund hat, der einen begleitet. Hicks sah seinem Vater hinterher, der etwas auf dem Kopf trug, was sehr nach einem gefrorenen Stuhl aussah, und überlegte unglücklich, wie seine Chancen wohl standen, wenn er sich allein auf die Suche nach der Gefrorenen Kartoffel machte.

Nicht un-MÖGLICH, dachte er traurig, *aber, sehen wir den Tatsachen ins Auge, doch recht un-WAHRSCHEINLICH.*
Kamikazzi steckte den Kopf unter dem Gefrorenen-Glückstopf-Tisch heraus. »Hat hier jemand das Wort Heldenfahrt erwähnt? Wann ziehen wir los?«

»Oh, Kamikazzi … Du solltest wirklich nicht lauschen, wenn andere sich unterhalten«, sagte Hicks.

Kamikazzi kroch unter dem Tisch hervor und machte Handstände. Sie hatte noch ihre Schlittschuhe an den Füßen.

»Wir Sumpfdiebe belauschen andere immer«, sagte sie gut gelaunt. »Das ist einer der Gründe, warum ich bei der Suche nach der Gefrorenen Kartoffel so nützlich für dich sein werde.«

»DU wirst nicht auf die Suche nach der Gefrorenen Kartoffel gehen«, sagte Hicks. »Das ist viel zu gefährlich.«

»Gefährlich? HA!«, prahlte Kamikazzi. »Also, ich habe den Westgrobianen fünf SCHAFHERDEN geklaut … und den verfluchten Piraten die Taschen geleert … Irrwürg dem Mörderischen habe ich den Helm direkt vom Kopf gemopst und du willst, dass ich *ein schrumpliges kleines Gemüse* stehle? No problemo, Hicks, *du wirst's erfahren,* mein Junge, *du wirst's erfahren.«*

Hicks hob den Blick gen Himmel. Wenn Kamikazzi einen Fehler hatte, dann den, dass sie sehr, sehr selbstzufrieden war. Doch eine ausgezeichnete Diebin war sie, das musste er zugeben.

»Da ist so ein Verrückter mit einer Axt …«, betonte Hicks.

»Das wird ja immer besser«, sagte Kamikazzi. »Nichts tue ich *lieber,* als Verrückte mit Äxten zu ärgern. Es ist mein Lieblingssport. Wenn du mir nicht erlaubst mitzumachen, verrate ich deinem großen, dicken, wütenden Vater, was du vorhast.«

»Aber das ist Erpressung«, protestierte Hicks.

»Siehst du«, meinte Kamikazzi grinsend, »wir Sumpfdiebe haben überhaupt keine Moral. Das kommt uns sehr gelegen.« Hicks gab sich geschlagen und sagte, wenn sie denn unbedingt wolle, könne sie mitkommen.

Kamikazzi sauste davon, um ihre Einbrecherausrüstung zu holen, und Hicks machte einen kleinen Schlitten fertig, mit dem sie zur Tobsuchtsinsel fahren würden.

Er zog auch sein Boot, die *Schräger Vogel,* aufs Eis, um es auf Kufen hinter dem Schlitten herzuziehen.

»Was machst du da?«, fragte Kamikazzi, als sie wiederkam, mit Seilen und seltsam geformten Metallgegenständen beladen.

»Es wird bald Frühling, das Eis könnte Risse kriegen, während wir da draußen sind. Und dann müssen wir ja irgendwie über das Trübe Meer zurückgelangen«, erwiderte Hicks und versuchte, nicht daran zu denken, was passieren würde, wenn das Eis TATSÄCHLICH schmolz. Womöglich bekamen sie es dann auch noch mit dem Höllenschlund zu tun.

Hicks ging Einauge suchen und erklärte dem großen Zugdrachen sein Problem. Der lachte nur höhnisch.

»Schau, widerlicher kleiner Menschenjunge, ich weiß nicht, wie du auf die Idee kommst, ich würde dir helfen. Ich bin nicht deine Mutti. ICH HASSE Menschen. Eines SCHWÖRE ich dir. NIEMALS, ich

Kamikazzis Einbruchsausrüstung

wiederhole, NIEMALS werde ich eine Träne über den Tod von einem von euch hirnlosen Zweibeinern vergießen.«

»Ah«, sagte Hicks listig, »aber das Gegenmittel wird nicht nur das Leben meines Freunds Fischbein retten, nicht wahr? Der Stacheldrache sticht nicht nur Menschen, sondern auch Drachen. Tausende von DRACHEN sterben jedes Jahr an Stacheldrachitis. Wenn ich die Gefrorene Kartoffel mitbringe, werde ich auf ganz Berk Kartoffeln pflanzen, und dann muss nie wieder ein Drache an Stacheldrachitis sterben.«

Das überzeugte Einauge natürlich, denn so groß sein Hass auf Menschen war, so groß war seine Liebe zu seinen Artgenossen und fünf Minuten später spannte Hicks den großen Säbelzahnzugdrachen an seinen Schlitten.

Hicks erklärte Haudrauf, er werde die Nacht bei Rotznase verbringen.

Haudrauf war entzückt. »Ausgezeichnet, mein Junge«, dröhnte er, »du hast dich also dazu durchgerungen, meinem Rat zu folgen und dir einen besseren Freund zu suchen. Gut gemacht, mein Junge.«

»Also«, sagte Hicks und nahm neben Kamikazzi auf dem Schlitten Platz, »dann können wir jetzt zur Tobsuchtsinsel sausen, die Kartoffel klauen und zu Fischbein bringen, ohne dass mein Vater überhaupt mitkriegt, dass wir weg waren.«

Nur Rotznase bemerkte, wie der kleine Schlitten mit dem Boot-Anhänger sich aus dem Raufboldhafen hinausstahl, unterwegs zur Tobsuchtsinsel, auf der Suche nach der Gefrorenen Kartoffel.

Rotznase hoffte, wohin auch immer Hicks fuhr, es möge gefährlich sein und er würde NIE WIEDER ZURÜCKKOMMEN.

8. DIE ZORNIGE MEERESENGE

Mit einer Wahnsinnsgeschwindigkeit zog Einauge den Schlitten über das Eis. Ab und zu zog Hicks an den Zügeln, damit er langsamer lief, doch der große Zugdrache achtete gar nicht auf ihn und so gab Hicks es am Ende auf. »Je schneller wir zur Tobsuchtsinsel kommen, desto besser«, ermahnte er sich. Der schneidend kalte Wind peitschte ihm ins Gesicht und zerrte an seinen Augenlidern. Die *Schräger Vogel* holperte hinter ihnen her wie ein hässliches Entlein, das verzweifelt versucht, mit seiner wahnsinnigen Mutter Schritt zu halten. Sie war zwar kein besonders hübsches Boot, zum Glück aber robust und den einen oder anderen Knuff gewohnt. Hicks hatte für alle genug Proviant mitgenommen, doch Ohnezahn hatte in drei Minuten alles verputzt und den Schlitten mit Krümeln, Hühnchenknochen und Strandschneckenhäusern zugemüllt.

»Ohnezahn f-f-f-friert ...«, jammerte er. »Ohnezahn H-H-H-Hunger ... Ohnezahn LANGWEILIG. Au, au, au, au ... Kamikazzi *si-si-sitzt* auf mein Schwanz ... Sind wir bald da?«

»Wir *sind* erst vor fünf Minuten losgefahren!«, wetterte Hicks.

»Ohnezahn will *spielen*. ›Ich *sehe* was, was *du* nicht *siehst*‹«, sagte Ohnezahn entschlossen.

Zu Anfang war Kamikazzi ganz vergnügt, plapperte unablässig und sang laut und ihre hellblauen Augen funkelten vor Aufregung.

Doch als Stunde um Stunde verstrich, und als sie fünfzig Mal »Ich sehe was, was du nicht siehst« gespielt hatten, wobei Hicks für Ohnezahn dolmetschte, und als der Himmel rosa wurde und dann grau, als der Abend kam, und als sie zu ihrer Linken an den Irren Wirrmeeren vorbeikamen und unter dem Eis das erste Stöhnen des Höllenschlunds hörten, verstummte auch Kamikazzi.

Hicks ließ Einauge warten, bis die Nacht hereingebrochen war, bevor sie um die Ecke in die Zornige Meeresenge bogen, damit die Wachposten der Tobsüchtigen sie nicht kommen sahen.

Sie warteten angespannt eine halbe Stunde, bis Hicks es für sicher hielt, und zogen dann an Einauges Zügeln, damit er weiterging.

Die gigantischen Klippen der Schurkeninsel und der Tobsuchtsinsel ragten in der Dunkelheit unheimlich über ihnen auf. Einauge lief in die Zornige Meeresenge und die Klippen schossen links und rechts des kleinen Schlittens hoch wie schwindelnd hohe Gefängnismauern.

Drachenaugen leuchten im Dunkeln und so war Einauges großes Auge wie ein Suchscheinwerfer, der ihnen den Weg wies. Das Eis in der schmalen Schlucht war fast durchsichtig klar und im Strahl von Einauges Auge konnten sie direkt hindurchsehen wie durch eine zwei Meter dicke Milchglasscheibe, bis hinunter ins Meer. *Wie interessant,* dachte Hicks, als er über den Rand des Schlittens blickte, *ich kann da unten sogar einen Makrelenschwarm erkennen* … Der riesige Schwarm schien kein Ende zu nehmen, zu Millionen schwammen die kleinen Fische gemächlich in der Tiefe, bis sie plötzlich auseinanderschossen wie winzige Funken bei einer Explosion. Unter dem Eis war unvermutet eine große dunkle Gestalt aufgetaucht. Es war der Schatten eines Drachen, gewaltig wie ein Unterwassergebirge. Er hielt mühelos mit dem schnellen kleinen Schlitten mit, sein langer Schwanz trieb ihn träge an, seine Flügel streiften beinahe die Wände der Zornigen Meeresenge, als er sie gemächlich unter dem Eis auf und ab bewegte.

»Da-da-das ist der Sch-Sch-Sch… Höllenschlund!«, flüsterte Ohnezahn Hicks ins Ohr. »Komm w-w-w-wir ge-ge-gehen nach Hause …«

Hicks spähte fasziniert und entsetzt zugleich hinunter, da drehte der riesige Drache den Kopf zur Seite und Hicks blickte in ein riesiges, blutunterlaufenes grünes Drachenauge, so groß wie ihr ganzer Schlitten.

Es war, als konzentrierte sich alles Grün der Welt – das Grün von Erbsen, Gras, Spinat, von Blättern, Bohnen und Fröschen – in diesem einen Auge und verliehe ihm die Intensität von reiner grüner Säure. Es war, als würde man am Mittag durch ein riesiges grünes Mikroskop direkt in die Sonne schauen, und Hicks war so geblendet,

Der Schwarzschlingschlund

Wikingerdrachen und ihre Merkmale

Der Schwarzschlingschlund ist ein riesiges Raubtier des offenen Meeres, das Menschen nur selten zu Gesicht bekommen. Er ist nicht nur mit furchterregenden Fangzähnen und Klauen bewaffnet, sondern auch mit einem seltsamen blauen Feuer, das seine Opfer zu Tode »friert«.

Bewertung nach Punkten 0-10

dass er fast vom Schlitten fiel, bis er von einem schrecklichen *RUMS!* wieder zur Besinnung gebracht wurde. Das Eis unter ihnen vibrierte wie bei einem Erdbeben.

Der Schlitten machte ebenfalls einen Satz und Einauge schwang sich mit einem klagenden Heulen kurz in die Luft. *RUMS!*, machte das Eis noch einmal, als der Höllenschlund mit dem Kopf gegen die dicke durchsichtige Mauer schlug. Erschrocken und erleichtert merkte Hicks, dass das Eis so dick war, dass es hielt, obwohl es jetzt von winzigen Rissen durchzogen war.

Der Schlitten sauste auf den Eingang zum Hafen der Tobsuchtsinsel zu wie eine Maus, die auf ein Mauseloch zuflitzt. Der Drache folgte ihnen und schlug von unten mit seinem wuchtigen Rammbock-Kopf gegen das Eis. Als Einauge in den Hafen bog, hatte er ein solches Tempo erreicht, dass der Schwung des Bootes in ihrem Schlepptau sie fast in einem großen kreischenden Kreis herumwirbelte. Der Schlitten schlitterte auf einer Kufe, bevor er wieder landete und weiterglitt.

Hicks schaute über die Schulter. Der Höllenschlund war zu groß, um durch die enge Hafenzufahrt zu passen. Er schob seinen gewaltigen Kopf hindurch und Hicks konnte sehen – wenn auch nicht hören –, wie er sein gewaltiges Maul aufriss und ein wütendes Brüllen ausstieß und wie er mit seinen schrecklichen Krallen durchs Wasser fuhr. Er stieß eine riesige blaue Unterwasserflamme aus, die unter dem Schlitten herschoss und in einer geraden Linie bis zur Küste führte, fast wie eine strahlend blaue Straße, die ihnen den Weg zeigte.

»Er ist nicht gerade begeistert«, meinte Kamikazzi grinsend, als der Schlitten über den strahlend blauen Streifen schoss. »Dieser Höllenschlund hat aber GAAANZ SCHLECHTE LAUNE.«

»Hoffen wir, dass das Eis so lange hält, bis wir die Kartoffel gestohlen haben und wieder hier weg sind«, bibberte Hicks. »Das Vieh tötet uns doch mit einem Happs!«

Als Einauge am Rand des Eises schließlich holpernd zum Halten kam und Hicks aus dem Schlitten kletterte, wabbelten seine Beine wie Quallen. Es war Nacht geworden. Der strahlend blaue Streifen hatte sich in fahles Türkis verwandelt und verblasste allmählich.

Der Hafen war Thor sei Dank vollkommen verlassen. Auf den Felsen und halb unter Schnee begraben, lagerten Hunderte von Booten. Selbst in diesem schneebedeckten Zustand sah man ihnen an, dass es Geisterboote waren, die seit fünfzehn Jahren nicht mehr auf Salzwasser geschaukelt hatten. An den Masten hingen zerfetzte Segel, zerbrochene Ruder und Steuer ragten aus dem Schnee und faulten vor sich hin.

Hicks schickte Ohnezahn los, um einen Blick auf das Tobsuchtsdorf zu werfen, und der kleine Drache flatterte widerwillig in die Dunkelheit davon.

»Warum mu-mu-muss immer Ohnezahn das machen?«, beschwerte Ohnezahn sich.

»Weil du Flügel hast und ich nicht, Ohnezahn«, erklärte Hicks zum zigsten Mal und nahm Einauge das Zaumzeug ab. Kamikazzi packte fröhlich summend ihre Einbruchsausrüstung aus, schob sich interessante spitze Werkzeuge in die Taschen, zog ihre Spezialschuhe mit den genagelten Sohlen an und wickelte sich ein langes, kräftiges Seil um die Taille. Normalerweise begleitete Fischbein Hicks bei solchen Abenteuern, und der hatte immer Angst und fragte dauernd, wie um alles in der Welt sie SCHON WIEDER in so ein lebensbedrohliches Desaster geraten waren. Es war also zur Abwechslung mal ganz nett, dass Kamikazzi die ganze Sache eher als hübschen Ausflug betrachtete.

Sie zogen ihre Skier an und warteten auf Ohnezahn, damit der ihnen erzählte, wo das Tobsuchtsdorf lag. Als er wie aus dem Nichts plötzlich um sie herumflatterte und auf Hicks' Schulter landete, fuhren sie zusammen.

»Ga-ga-ga-ganz schön g-g-gruselig da draußen«, keuchte Ohnezahn, dessen Augen hell in der Dunkelheit glommen. »Di-di-die Tobsüchtigen haben zum Freyatag ein Bankett ... sieht SU-SU-SUPER LECKER-SCHMECKER aus.«

Hicks erklärte Kamikazzi, was Ohnezahn gesagt hatte, und sie stand auf und meinte: »Ausgezeichnet. Dann sind sie hoffentlich so abgelenkt, dass sie uns gar nicht bemerken. Auf geht's.«

Der kleine Trupp setzte sich den Klippenweg hinauf in Bewegung. Einauge zog sie, sein Auge leuchtete hell im Dunkeln.

9. ZU HAUSE AUF BERK

Zu Hause auf Berk glühte Fischbein so heiß wie Feuer. Er war schwach wie eine Fliege im Spinnennetz und redete Unsinn. Alt Faltl kühlte seine Stirn schweigend mit Wasser und versuchte, ihm ein wenig wässrigen Tee einzuflößen.

»Hör auf … du dürre alte … ausgetrocknete … Krabbenschere«, wetterte Fischbein schwach und wollte sich von der Hand des alten Mannes wegdrehen. Aber er war so entkräftet, dass er sich kaum rühren konnte.

»Sie *müssen* vor zehn Uhr morgen zurückkommen«, murmelte Alt Faltl bei sich. »Es geht rasch zu Ende mit ihm.«

»Mach dir keine Sorgen«, flüsterte Fischbein und schaute Alt Faltl direkt in die bekümmerten alten Augen. »Hicks schafft es. Hicks schafft es *immer* … Thor allein weiß, wie.« Und dann faselte er wieder nur Unsinn.

Draußen, mitten im Trüben Meer, waren seltsame Geräusche zu hören … als knarrte das Knie eines alten Mannes oder als pochte ein riesiger Knöchel an eine Tür.

Das Eis bekam erste Risse.

Mit Fischbein ging es rasch zu Ende ...

10. DER ABEND DES FREYATAGS AUF DER TOBSUCHTSINSEL

Sie erreichten den oberen Rand der Klippe, von wo der Boden weiter zum Tobsuchtsgebirge anstieg, auf dem in völliger Dunkelheit der schattenhafte Umriss des Tobsuchtsdorfes hockte.

Einauge zog sie bis hinauf zum Fuß der Dorfmauern. Dort holte Kamikazzi ihre Seile hervor.

Sie warf ein Seil mit einem Eisenhaken hoch und beim ersten Versuch schon hakte sich der Haken oben in der Holzwand ein. Sie kraxelte hinauf wie ein kleiner blonder Affe und verschwand. Einauge breitete die Flügel aus und flog hinter ihr her.

Hicks atmete tief durch, packte das Seil und kletterte hinauf. Er versuchte, gar nicht auf die Totenschädel zu achten, die ihn von den Zinnen herunter angrinsten.

Sie waren die ersten Besucher im Tobsuchtsdorf seit fünfzehn Jahren.

Auf den ersten Blick wirkte das Dorf verlassen.

Die Straßen lagen verlassen, kein Licht in den Fenstern. Doch die Große Halle war hell erleuchtet. Rauch stieg aus mehreren Schornsteinen auf, Musik, Geplapper und Lachen drang durch die Fenster.

Seltsamerweise stand neben der Großen Halle, montiert auf gewaltigen Baumstämmen, das größte

Wikingerschiff, das Hicks je gesehen hatte. Er fand es zwar ziemlich merkwürdig, ein Schiff so weit weg vom Meer vorzufinden. Doch Hicks nahm an, dass die Tobsüchtigen in den letzten fünfzehn Jahren nicht hinausgesegelt waren, also war mitten im Dorf womöglich ein genauso geeigneter Platz, um ein Schiff zu parken, wie jeder andere.

Und was für ein Schiff …

Tiefe und Länge erinnerten eher an eine römische Galeone und Hicks hatte noch nie ein Wikingerlangschiff gesehen, das nicht nur einen, sondern drei Masten hatte. Der Galionsdrache am Bug war ein zähnefletschender Monströser Albtraum und Hicks' Herz schlug aufgeregt ein wenig schneller, als er den Namen las, der in großen fließenden Buchstaben auf die Seite gemalt war: *Der Amerikanische Traum.* Vielleicht war die Geschichte, die Alt Faltl ihm erzählt hatte, doch wahr …

Ganz im Gegensatz zu den Schiffen im Hafen war dieses Schiff in einem eins a Zustand. Das übrige Dorf lag unter zwei Metern Schnee, doch *Der Amerikanische Traum* stand blitzblank da, die Decks vollkommen schneefrei. Das Schiff war frisch gestrichen, am mittleren Mast flatterte fröhlich die Tobsuchtsflagge und alle Ruder waren draußen, als wollte es jeden Augenblick nach fernen Küsten auslaufen.

»Wir klettern auf das Dach der Großen Halle und schauen mal, ob wir belauschen können, was hier abgeht«, flüsterte Kamikazzi. Diesmal nahm sie nicht einmal ein Seil zu Hilfe. Sie kletterte einfach die nackte Wand hinauf. Es sah aus, als würde sie mit unsichtbaren Saugern daran haften wie ein Frosch. Vom Dach ließ sie Hicks ein Seil hinunter und Einauge schwang sich mit ihm hinauf.

Der Schnee auf dem Dach ging ihnen bis zu den Oberschenkeln und Hicks hatte Mühe voranzukommen, als er Kamikazzis Fußstapfen folgte. Sie kämpfte sich zum zentralen Schornstein vor, aus dem kein Rauch aufstieg, und sie und Hicks spähten in den Saal hinunter.

Aus dem Schornstein stieg eine solche Hitze auf, dass Hicks die Augen schließen musste. Seine Hände brannten, als sie warm wurden. Schließlich hatten sich seine tränenden Augen an die Hitze und an das Licht gewöhnt.

Da unten ergötzten sich die Tobsüchtigen an einem wahrlich prunkvollen Bankett. Der lange Mitteltisch war hoch beladen mit Fisch, Fleisch und Geflügel, zubereitet auf jede nur denkbare Art und Weise, ganze Hirsche, ganze Schweine und bis zum Rand volle Krüge mit Bier und Wein. An einem Ende des Saals tanzte ein großer betrunkener Kerl auf dem Tisch und die Tobsüchtigen lachten und warfen mit Essen und Stuhlbeinen nach ihm.

In sechs riesigen offenen Kaminen loderten Feuer. Auf dem Fußboden lagen riesige weiße Teppiche aus Eisbärenfell. An den Wänden hingen die Köpfe von Drachen jeder denkbaren Größe, Farbe und Gestalt. Und auch

Norbert die Hohlnuss

die Köpfe von zwei Tieren, die Hicks noch nie gesehen hatte. Einer sah aus wie ein gewaltiger, trauriger Hirsch und der andere erinnerte an einen riesigen Stier mit schwarzem, lockigem Fell.

Eine auf Rehleder gezeichnete Karte der Barbarenwelt hing wie ein großer Vorhang an der Nordwand. Im Westen der Karte hatte jemand den großen Wasserfall, der auf den meisten Wikingerkarten mit »Ende der Welt« beschriftet war, durchgestrichen und durch eine primitive Kohlezeichnung einer Insel und dem Namen AMERIKA ersetzt.

Beklommen erkannte Hicks den großen blonden bärtigen Kerl, der als Häuptling auf dem Thron saß, Norbert die Hohlnuss. Es war eindeutig der brutale Hüne, dem Hicks am Tag zuvor einen Pfeil in den Hintern geschossen hatte. Er saß auf zwei dicken Kissen, trotzdem rutschte er von einer Pobacke auf die andere, als hätte er Schmerzen.

In einer Hand hielt er eine sehr ungewöhnliche, gewaltige doppelschneidige Wurfaxt. Diese Axt war etwas Besonderes, ein Blatt schimmerte in einem blanken Kupfergold, das andere dagegen war rostig und schwarz und voller tiefer Schrammen. Von der Kartoffel weit und breit keine Spur. Plötzlich kam Hicks sich ein wenig dumm vor. Er hatte irgendwie erwartet, dass sie irgendwo ausgestellt wäre, vorzugsweise mit einem Schild darunter, das sie deutlich als DIE KARTOFFEL auswies.

Denn er hatte natürlich keine Ahnung, wie eine Kartoffel aussah, ob sie orange war oder grün, groß oder klein. Weil der Name so exotisch klang, hatte Hicks sich irgendwie vorgestellt, sie wäre rot mit kleinen schwarzen Punkten und ein wenig länglich oder dreieckig. Vielleicht lila? Ehrlich, er hatte keinen Schimmer.

»Okay«, flüsterte Kamikazzi. »Ich muss da runter, um herauszufinden, WO sie die Kartoffel aufbewahren … sie kann überall sein.«

Sie wickelte ein Stück Seil von ihrer Taille ab und Hicks schlug vor, es Einauge um ein Bein zu binden. »Wenn du in Schwierigkeiten gerätst, kannst du dreimal daran ziehen. Dann kann Einauge dich schnellstens hochziehen.« Einauge protestierte entschieden dagegen, dass man ihm irgendetwas ums Bein band, und erklärte sich erst einverstanden, als Hicks ihn daran erinnerte, dass die ganze Drachenwelt ihn als HELD feiern würde, wenn sie mit dem Gegenmittel für Stacheldrachitis nach Berk zurückkehrten.

Dann ließ das kleine Mädchen sich durch das Loch im Dach hinunter.

Unter der Decke der Großen Halle war es vollkommen dunkel und sehr ruhig.

Hicks wartete an dem Loch – fast so wie früher, wenn er als kleiner Junge mit seinem Vater eisfischen gegangen war. Haudrauf hatte ein Loch ins Eis geschnitten und die Angelschnur hinuntergelassen und dann hatten sie nichts weiter zu tun gehabt, als zu warten … und zu warten … und zu warten.

Ohnezahn kratzte sich hinter den Ohren. Einauge pulte zwischen seinen Zähnen. Und Hicks zitterte vor Angst.

»Beeil dich, Kamikazzi …«

Hicks erwartete jeden Augenblick, dass sich in der großen flachen Weite des gefrorenen Meers ein Riss auftat. Dann würden sie nie mehr nach Hause zurückkehren können … und Fischbein wäre verloren.

Oder war Kamikazzi da unten in Schwierigkeiten geraten? Hicks spähte durch das Loch. Kamikazzi klammerte sich zwei Meter unter ihm wie eine Spinne an ihr Seil. Hicks beugte sich noch ein wenig weiter vor, weil er sehen wollte, was los war …

… Da brach zu seinem großen Entsetzen der Rand des Schornsteins ein, der schon unter dem Gewicht des Schnees nachgegeben hatte, und mit einem spitzen Schrei STÜRZTE Hicks in die Große Halle.

11. IN DER SUPPE

Kamikazzi sah mit runden, verängstigten Augen zu, wie Hicks mit wild fuchtelnden Armen an ihr vorbeistürzte. Unter normalen Umständen wäre dies das Ende von Hicks gewesen, denn die Große Halle war ganze zwanzig Meter hoch und er hätte sich bei dem Sturz UNWEIGERLICH den Hals gebrochen.

Doch aufgrund einer Verkettung mehrerer glücklicher Fügungen war das traditionelle Gericht am Freyatag Zwiebelsuppe und auf der Tobsuchtsinsel wurde diese in einem gewaltigen Kessel serviert, zwei Meter breit und einen Meter tief. Dieser Topf stand auf dem Tisch direkt unter Hicks und er plumpste mit dem Hintern voran mitten hinein.

Wäre die Suppe heißer gewesen, hätte Hicks sich lebensgefährliche Verbrennungen zugezogen, doch sie stand schon eine Weile auf dem Tisch und war zu einer angenehmen Schwimmtemperatur abgekühlt.

Hätten die Tobsüchtigen Zwiebelsuppe mehr geliebt, wäre nicht mehr genug in dem Kessel gewesen, um

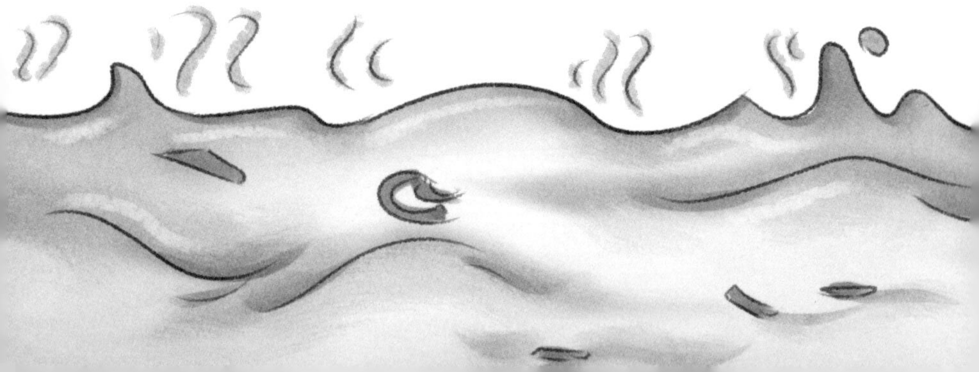

Hicks' Sturz abzufangen, doch die Tobsüchtigen servierten Zwiebelsuppe nur, weil es die Tradition verlangte, und hatten sie kaum angerührt.

Also stieß Hicks nur mit dem Hintern auf dem Boden des Kessels auf und stieg wieder hoch, hustend und spuckend und die Haare voller Zwiebeln.

Schockiertes Schweigen im ganzen Saal. Nichts bereitet einem fröhlichen Mahl schneller ein Ende als ein Fremder, der in einem gewaltigen Schneeschauer auf die Festtafel plumpst. Die Tobsüchtigen saßen staunend da, spuckten Schnee aus ihren Bärten und glotzten den unerwarteten Besucher an, der in ihrer Suppe nach Luft schnappte. Norbert die Hohlnuss war der Erste, der sich erholte. Er schüttelte den Schnee ab und sprang auf die Füße. »Meuchelmörder!«, schrie er. »Fasst ihn!«

Zwanzig Krieger waren mit einem Satz auf dem Tisch. Hicks versuchte schwimmend, der nahenden Katastrophe zu entfliehen, doch es gab schlechterdings keinen Ausweg aus der Umzingelung. Zwei gewaltige Tobsüchtige zogen ihn aus der Suppe und setzten ihn, tropfend und klebrig, vor Norbert der Hohlnuss ab.

»Sind da noch mehr von deiner Sorte?«, fuhr Norbert

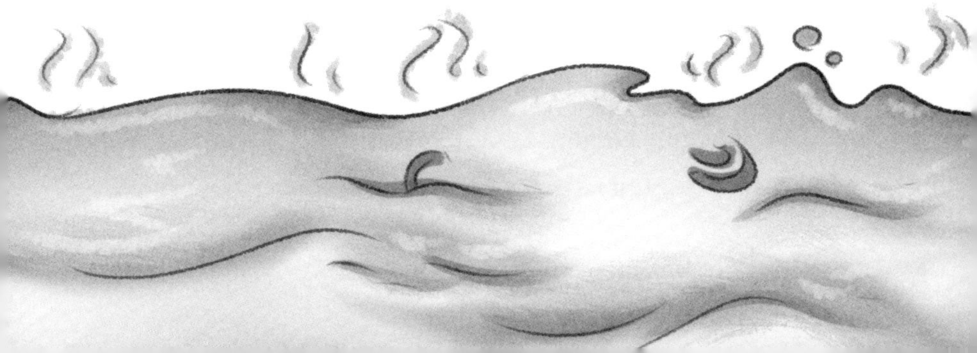

die Hohlnuss ihn an und schwang das geschwärzte Blatt seiner Axt vor Hicks' Gesicht.

Hicks schüttelte den Kopf und verspritzte Suppe in alle Richtungen.

Norbert die Hohlnuss und seine Krieger spähten hinauf. Kamikazzi hing hoch oben in der Dunkelheit des Deckengebälks. Ihre schwarzen Kleider erwiesen sich jetzt als ausgesprochen nützlich, denn sie konnten sie nicht sehen.

»SUCHT DAS DACH UND DAS GANZE DORF AB!«, brüllte Norbert die Hohlnuss.

Er drehte sich wieder zu Hicks um. Norbert die Hohlnuss hatte einen Tick am linken Auge – es zuckte wie wild, wie eine Fliege, die ein Tänzchen aufführte.

»Ich bin mir sicher, ich kenne dich …«, sagte er und wischte Hicks mit dem Mantelsaum eines Kriegers, der in der Nähe stand, die Suppe aus dem Gesicht. »Bei Thors Daumennagel! Es ist der abscheuliche Raufbold-Wurm, der mir gestern einen Pfeil in meinen königlichen Hintern geschossen hat!«

Kein besonders guter Einstieg.

»Sehr erfreut. Wie geht es Euch?«, würgte Hicks höflich.

»NICHT BESONDERS GUT!«, schrie Norbert die Hohlnuss. »Mein Hintern brennt wie Feuer!«

Die Krieger kamen keuchend zurück in die Große Halle und sagten, sie hätten das Dach und das ganze

Dorf abgesucht und keine weiteren Meuchelmörder gefunden. Einauge und Ohnezahn waren wohl davongeflattert, um sich in der Dunkelheit zu verstecken.

Norbert die Hohlnuss sah ziemlich wütend aus. »Du bist ein sehr KLEINER Meuchelmörder«, sagte er eingeschnappt, nahm Hicks sein Schwert ab und schob es unter seine eigene Schwertkoppel. »Und klein war, wenn ich's mir recht überlege, auch der, der uns gestern zusammen mit dir angegriffen hat. Der Bursche, der sich auf Skiern angestellt hat wie eine Großmutter mit Arthritis in den Knien. Ich weiß, dass ich in den letzten fünfzehn Jahren ein bisschen aus der Übung gekommen bin, aber glauben die Raufbolde wirklich, sie können mich mit KINDERN meucheln?«

»Ich bin kein Meuchelmörder«, stammelte Hicks.

»LÜGNER!«, kreischte Norbert die Hohlnuss und machte einen Satz, als wollte er Hicks an Ort und Stelle mit der Axt töten. Doch dann beruhigte er sich, lächelte und setzte sich mit einem leisen Wimmern wieder auf seinen Thron.

»Wenn du kein Meuchelmörder bist«, sagte Norbert lächelnd, »was hast du dann hier auf der Tobsuchtsinsel zu suchen, mich mit Pfeilen zu beschießen und meine Suppe zu vergiften?«

»Ich suche«, antwortete Hicks, »die KARTOFFEL.«

Es herrschte erstauntes Schweigen.

»Pssst!«, sagte Norbert die Hohlnuss und sah sich um,

als hätten die Wände Ohren. »Du darfst den Namen des Gemüses-dessen-Namen-niemand-zu-nennen-wagt nicht AUSSPRECHEN …«

»Freilich«, sagte Hicks listig, »jetzt, wo ich hier bin, wird mir klar, dass das alles Märchen sind. Kartoffeln gibt es gar nicht, oder? Denn einen Ort namens Amerika gibt es ja auch nicht … die Erde ist flach wie ein Pfannkuchen, und wenn man nach Westen segelt, fällt man irgendwann an der Kante runter …«

»BLÖDSINN!«, brüllte Norbert die Hohlnuss. »TÖTET IHN!«, schrie er und seine Augen quollen hervor und er hatte Schaum vor dem Mund. Nur unter großer Anstrengung kam er wieder zu sich. »Nein, klärt ihn erst auf und tötet ihn dann!«, sagte Norbert die Hohlnuss und spielte an seinem kunstvollen Schnurrbart, um sich zu beruhigen.

»Die Erde ist rund wie ein Kreis und ein Kreis hat kein Ende«, erklärte Norbert sorgfältig. »Amerika gibt es. Das weiß ich, weil ich dort war … und was das Gemüse-dessen-Namen-niemand-zu-nennen-wagt angeht … ich weiß nicht, wovon du redest …«

»Weil es dieses Gemüse nicht gibt«, wiederholte Hicks.

»Es gibt es«, beharrte Norbert und versuchte, sich zu beherrschen.

»Gibt es nicht«, sagte Hicks.

»Gibt es doch!«

»Gibt es nicht!«

»Doch!«

»Nicht!«

»DOCH, DOCH, DOCH, DOCH!!!!!«, brüllte Norbert die Hohlnuss und zupfte so heftig an seinem Schnurrbart, dass er ihn völlig verknotete.

»Beweis es«, forderte Hicks ihn heraus.

»Ich weiß, dass es so etwas wie das Gemüse-dessen-Namen-niemand-zu-nennen-wagt gibt … weil das Gemüse-dessen-Namen-niemand-zu-nennen-wagt … hier in diesem Saal ist!«, brüllte Norbert die Hohlnuss. Er lief zu der Wand, an der die Landkarte von Amerika hing.

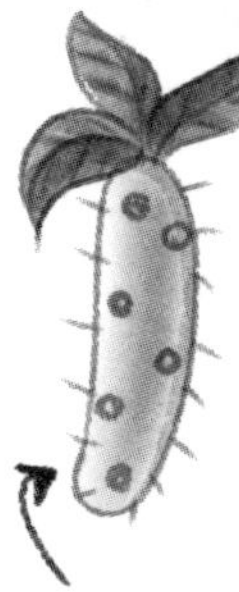

Mit zwei gewaltigen Schwüngen seiner Axt warf er den Vorhang beiseite.

»SEHR KLEINER MEUCHELMÖRDER«, verkündete Norbert die Hohlnuss, »SAG MEINEM PAPA GUTEN TAG …«

»Oh, huch«, flüsterte Hicks.

Norbert die Hohlnuss war eindeutig verrückter als ein betrunkenes Karnickel.

Denn dort auf einem Gestell stand eine überlebensgroße Gestalt, die beängstigend nach der gefrorenen Leiche des Vaters von Norbert der Hohlnuss aussah.

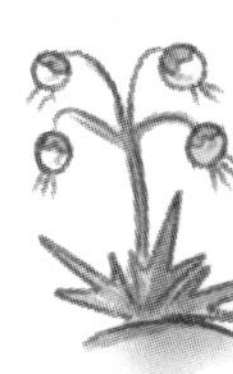

Stolz und aufrecht stand er da, die Barthaare bretthart gefroren, den Mund zu einem stummen SCHREI geöffnet, ein gruseliger monumentaler Anblick. Eine Hand

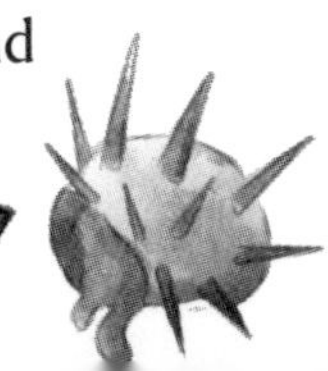

hatte er in die Hüfte gestemmt, die andere hielt ein Glaskästchen mit Eis darin.

Oben auf dem Eis lag ein rundes, ziemlich enttäuschendes klumpiges braunes Gemüse. *Das kann doch unmöglich die magische, wundersame Kartoffel sein,* dachte Hicks. Aus dem Gemüse ragte ein Pfeil.

Norberts Papa war umgeben von einem dichten Teppich aus ungewöhnlichen Drachenwesen, sogenannten KREISCHERN.

Diese seltsamen Tiere werden oft als primitive Einbruchsalarmanlage benutzt. Sie haben keine Beine, weshalb sie ihrer Beute nicht hinterherrennen können. Also liegen sie auf dem Rücken und wedeln mit ihren extra langen Nägeln sachte durch die Luft. Sobald ein Tier mit diesen Nägeln in Kontakt kommt, fangen sämtliche Kreischer an, unerträglich laut zu kreischen. Ihr Gekreische ist so durchdringend, dass es kleinere Drachen (die ein viel besseres Gehör haben als Menschen) tatsächlich auf der Stelle tötet. Dann verschlingen die Kreischer ihr Opfer. Wie Piranhas können sie ein Tier in sechzig Sekunden bis auf die Knochen abnagen.

»Aber, Norbert«, keuchte Hicks. »Ich dachte, dein Vater wäre TOT?«

»Oh, allerdings, er *ist* tot«, meinte Norbert lächelnd. »Mausetot … aber weil ich die Kartoffel sowieso tiefgefrieren wollte, dachte ich, ich friere Papa auch gleich mit ein.«

»Du hättest deinem Vater ein anständiges Wikingerbegräbnis zuteilwerden lassen sollen«, warf Hicks zitternd ein. »Er sieht ungepflegt aus, wie er da so steht … und ein bisschen gespenstisch …«

»MEIN VATER WIRD AN DEM TAG BEERDIGT, AN DEM DER HÖLLENSCHLUND STIRBT!«, brüllte Norbert die Hohlnuss. »Deswegen habe ich ihn eingefroren. Kurz vor seinem letzten Atemzug hat mein Vater den letzten Pfeil, den die Federmenschen ihm gegeben haben, in die Kartoffel gesteckt und mir das Versprechen abgenommen, den Höllenschlund *damit* zu erledigen.«

»Unmöglich«, wandte Hicks ein. »So ein mordsgigantisches Wesen kann man nicht mit einem einzigen kleinen Pfeilchen töten!«

»Nicht un-MÖGLICH, seltsamer kleiner Rotschopf«, verbesserte Norbert die Hohlnuss ihn. »Nur un-WAHRSCHEINLICH. Und *noch* unwahrscheinlicher angesichts der Tatsache, dass wir den Pfeil nicht aus dem Gemüse-dessen-Namen-niemand-zu-nennen-wagt ziehen können … Sieh dir die Inschrift auf dem Kästchen an.«

Hicks betrachtete das Kästchen in Grobkarls Hand. Darin lag, gefroren vom Eis, das enttäuschend langweilige Gemüse namens Kartoffel. Und in der Kartoffel steckte der bunte kleine Pfeil, der mit leuchtenden Federn geschmückt war von Vögeln, die Hicks nicht kannte. Von amerikanischen Vögeln, die einst an dem unentdeckten amerikanischen Himmel herumgeflogen waren.

Vorne auf dem Kästchen stand in flüssiger Handschrift Folgendes geschrieben:

»Wir kriegen den Pfeil nicht raus aus dem kostbaren Gemüse …«, sagte Norbert die Hohlnuss traurig. »Wir üben das ganze Jahr unablässig Armdrücken und jedes Jahr versucht unser stärkster Sieger, ihn herauszuziehen. Selbst ich kriege es nicht hin, obwohl sich der Text eindeutig auf MICH bezieht. Der *Pfeil* steckt in dem Gemüse und *wir* stecken auf der Tobsuchtsinsel fest, bis der Tod meines Vaters gerächt ist.«

Hicks betrachtete die Kartoffel.

»Ihr bekommt den Pfeil nicht aus der Kartoffel, weil sie tiefgefroren ist. Wenn ihr die Kartoffel AUFTAUT, kann jedes Kind ihn rausziehen«, schlug Hicks vor.

Norberts Auge zuckte wieder.

»Mein sterbender Vater hat mir diesen Pfeil aus einem besonderen Grund vermacht«, fuhr Norbert die Hohlnuss Hicks an. »Es soll ein Test sein, wer stark genug ist, um den Höllenschlund zu besiegen. Was hätte so ein Test für einen Sinn, wenn JEDER ihn bestehen könnte? Wer bist du überhaupt, du Knirps, und wieso wagst du es, MIR all diese Fragen zu stellen?«

»Also, ich bin sehr froh, dass du das zur Sprache bringst, Norbert«, sagte Hicks beruhigend. »Ich bin Hicks der Hartnäckige vom Hauenstein der Dritte, der einzige Sohn von Haudrauf dem Stoischen, und mein Freund Fischbein, den du gestern ebenfalls kennengelernt hast, hatte das Pech, von einem Höchst Giftigen Stacheldrachen gestochen zu werden …«

»Das IST allerdings Pech«, sagte Norbert die Hohlnuss voller Genugtuung. »Führt zum sicheren Tod, würde ich sagen. Ich kann nicht behaupten, ich wäre überrascht, weißt du, denn er kam mir vor wie der typische kleine Spinner, auf den das Schicksal es abgesehen hat.«

»Fischbein ist kein kleiner Spinner!«, unterbrach Hicks ihn. »Die Sache ist die, Norbert, dass mir zugetragen wurde, dass deine Kartoffel das einzige Gegenmittel gegen Stacheldrachengift ist, und ich frage mich, ob du sie vielleicht entbehren kannst, um meinem Freund das Leben zu retten. Es wäre das Netteste, was du je getan hast.«

Norbert der Hohlnuss blieb die Spucke weg.

»Und was«, flüsterte Norbert die Hohlnuss, »würdest du mit Papas kostbarem Gemüse tun, wenn ich es dir geben würde?«

»Also«, sagte Hicks, »ich schätze, mein Freund würde es essen.«

Eine Sekunde lang starrte Norbert die Hohlnuss ins Leere. Dann geriet er in eine fürchterliche Rage und wirbelte seine Doppelaxt über dem Kopf. »SIE ESSEN?????!«, dröhnte er. »ERST SCHIESST DU MICH IN DEN HINTERN UND DANN WILLST DU, DASS ICH MIT DIR TEILE, DAMIT DU DAS KOSTBARE AMERIKANISCHE GEMÜSE MEINES LIEBEN TOTEN VATERS ESSEN KANNST?????? TÖTET IHN, TÖTET IHN, TÖTET IHN!!!«

Nach einem kurzen inneren Kampf beruhigte er sich wieder, wandte sich mit großer Würde Hicks zu und hielt die Arme hoch.

»Ich könnte dich *hier und jetzt* umbringen, du böser Gemüsemörder …«, sagte Norbert die Hohlnuss, »aber so sind wir Tobsüchtigen nicht. Wir sind ZIVILISIERT.

Wir richten einen lausigen kartoffelstehlenden Kriminellen erst hin, nachdem er ein absolut faires Verfahren erhalten hat. Und auf der Tobsuchtsinsel«, Norbert die Hohlnuss verzog das Gesicht zu einem gehässigen, verrückten Grinsen, »ist dies ein Verfahren mit der Axt.«

Oh, verflixt, dachte Hicks.

Norbert die Hohlnuss schlenderte in die Mitte des Saals, wo ein großer Baumstumpf stand.

»Das Schicksal selbst soll über dein Schicksal entscheiden«, sagte Norbert die Hohlnuss. »Ich werde meine Axt hoch in die Luft werfen … und wenn sie so landet, dass das goldene Blatt sich ins Holz gräbt, schenke ich dir das Leben«, Norbert die Hohlnuss strich zärtlich über das dunkle Blatt, »aber wenn sie auf dem schwarzen Blatt landet, dann töte ich dich auf der Stelle mit dieser Axt. Ich hoffe, das Glück ist mit dir …«

Norbert trat dramatisch zurück und richtete den Blick gen Himmel …

»KOMMT HERBEI, IHR GROSSEN MÄCHTE SCHICKSAL UND BESTIMMUNG«, rief Norbert die Hohlnuss. »ICH SCHWÖRE, MICH NACH EUREM URTEIL ZU RICHTEN. LEBEN ODER TOD?«

Die Axt stieg, langsam durch die Luft wirbelnd, zur Decke auf. Sie fing an zu fallen, zuerst mit der glänzenden Seite nach unten, dann mit der dunklen.

Hicks war nicht so stark wie die anderen Jungen, aber seine Augen waren sehr gut. Er sah, dass die Axt mit der schwarzen Seite in dem Klotz landen würde, und sprang vor und fing die Axt am Holzgriff auf, kurz bevor das dunkle Blatt in das Holz fuhr.

Die Tobsüchtigen keuchten auf. Hoch oben auf einem Balken im Dachstuhl keuchte auch Kamikazzi auf.

Hicks hievte die Axt hoch über den Kopf und trieb das schimmernde Blatt tief in den Baumstamm.

»DIE HELLE SEITE GEWINNT, NORBERT DIE HOHLNUSS«, brüllte Hicks der Hartnäckige vom Hauenstein der Dritte, die Hände in die Hüfte gestemmt.

Keiner wusste so recht, was er tun sollte.

Norbert die Hohlnuss machte den Mund auf und schloss ihn wieder wie ein Fisch auf dem Trockenen.

»Du hast GEMOGELT!«, schrie Norbert die Hohlnuss.

»Das Schicksal hat mir wohl *erlaubt* zu mogeln«, erklärte Hicks. »Und jetzt lass mich frei, wie du es versprochen hast.« Norbert sah aus, als würde er gleich explodieren. Er war es gewohnt, mit verängstigten Erwachsenen zu tun zu haben, die vor ihm und seiner schrecklichen Schicksalsaxt in die Knie gingen.

Er war es NICHT gewohnt, es mit kleinen Jungen zu tun zu haben, die ihn herumkommandierten, er solle seine kostbare Kartoffel auftauen und seinen Papa beerdigen, und die seine Axt im Flug fingen.

Doch was war, wenn Hicks recht hatte und das Schicksal Hicks TATSÄCHLICH erlaubt hatte zu mogeln? Norbert wagte es nicht, dem SCHICKSAL zu trotzen.

»PACKT IHN!«, schrie Norbert. »Ich lasse ihn am Leben, aber er darf seine Tage im Gefängnis verbringen! *Das* wird ihn lehren, mit Pfeilen auf Norbert die Hohlnuss zu schießen!« Vier oder fünf stämmige Tobsüchtige packten Hicks und schleiften ihn zu einem kleinen Käfig, der an einer Kette von den Dachsparren hing. Sie schoben ihn hinein und verschlossen den Käfig und den Schlüssel gaben sie Norbert, der ihn in seine Tasche steckte.

Und dann vergaßen die Tobsüchtigen Hicks und feierten lange in die Nacht. Sie lachten und sangen und aßen und tranken zu viel.

Hicks saß still in dem kleinen Käfig und überlegte fieberhaft, ob ihm nicht etwas Schlaues einfiel, um aus seiner misslichen Lage herauszukommen.

Es sah nicht gut aus.

Selbst *wenn* es ihm gelang, aus dem verschlossenen Käfig zu fliehen, die Kartoffel zu stehlen und sich davonzuschleichen, ohne dass ein einziger Tobsüchtiger etwas mitbekam, blieb doch dieses ominöse Knacken vom Eis draußen … Lautes Knacken und Klopfen, als würde ein riesiges Schwert auf Stein geschlagen.

Das Eis fing an zu schmelzen, und sobald der Höllenschlund frei war, gab es kein Entkommen mehr von der Tobsuchtsinsel …

Es wurde eine lange Nacht und ein Tobsüchtiger nach dem anderen fiel in den Schlaf, auf dem Stuhl, auf dem Boden oder, im Falle eines dicken Kriegers, mitten auf dem Tisch, die Reste eines gebratenen Wildschweins eng umschlungen. Norbert die Hohlnuss schlummerte auf seinem Thron, die doppelschneidige Wurfaxt in den Armen. Hoch oben unter der Decke der Großen Halle schlief Kamikazzi, die sich an ihren Balken klammerte wie eine kleine schwarze Katze. Die Zeit verstrich und Hicks kämpfte, um wach zu bleiben, doch schließlich wurde er von dem sanften Schaukeln des Käfigs und der wolkigen Hitze und den Alkoholdünsten überwältigt und schlief ebenfalls ein.

Kreischer

Wikingerdrachen und ihre Merkmale

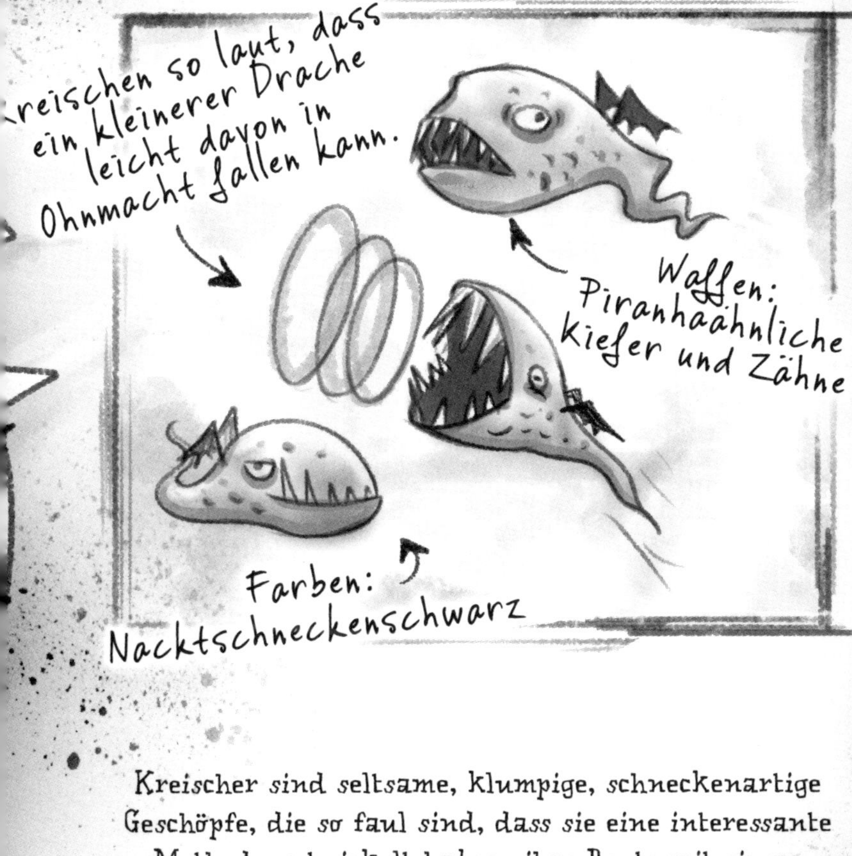

Kreischer sind seltsame, klumpige, schneckenartige Geschöpfe, die so faul sind, dass sie eine interessante Methode entwickelt haben, ihre Beute mit einem einzigen Kreischen zu überwältigen. Ein Haufen Kreischer kann sein Opfer schneller bis auf die Knochen abnagen als ein ganzer Schwarm Piranhas.

Bewertung nach Punkten 0-10

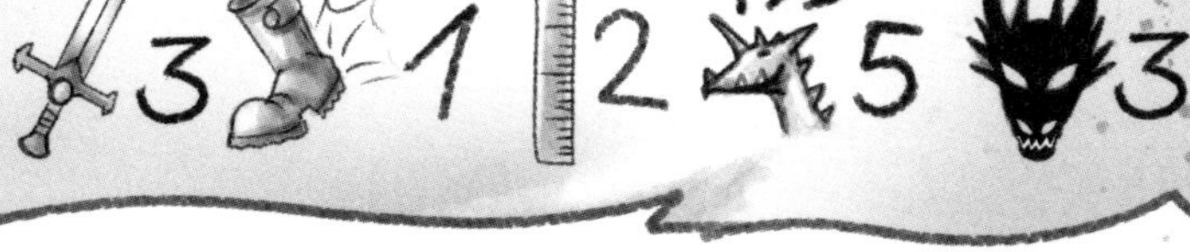

12. KANN OHNEZAHN DIE LAGE RETTEN?

Als Ohnezahn und Einauge oben auf dem Dach den Lärm hörten, mit dem Hicks in die Zwiebelsuppe fiel, und als die Tobsüchtigen Krieger nach draußen stürmten, um nach weiteren Meuchelmördern zu suchen, flatterten sie davon und versteckten sich auf dem *Amerikanischen Traum.*

Sobald sich alles beruhigt hatte, flogen sie zurück zum Schornstein. Die Drachen froren und waren hungrig und müde. Einauges Auge schimmerte goldgelb in der Dunkelheit.

»Sollen wir *sie sich selbst* überlassen?«, sinnierte Einauge bei sich. »Sieht aus, als hätten *sie* das Heilmittel gegen Stacheldrachitis doch nicht gefunden ... und ich hab keine Lust, hier rumzuhängen, um zwei stinkenden Menschen die Haut zu retten ...«

»Se-se-selbstsüchtige Menschen!«, schimpfte Ohnezahn. »Di-di-die denken n-n-nie an den armen, frierenden HU-HU-HUNGRIGEN Ohnezahn!«

Einauge schnaubte. »Na, das kann ich ihnen nicht verübeln. Du bist doch bloß ein Schoßdrache, eine zu groß geratene Ratte. Und du dürftest *sowieso* keinen Hunger haben. Wer hat denn auf dem Weg hierher *im* Schlitten *sämtlichen* Proviant gefuttert, möchte ich mal wissen? Ich geb ihnen noch bis morgen früh«, beschloss Einauge, ließ das Seil, das an seinem Bein festgebunden war, den Schornstein hinunter in die Große Halle plumpsen und machte es sich im Schnee gemütlich, um auf dem Dach zu schlafen. »Meine Tante Raffzahn ist an Stacheldrachitis gestorben. Kein schöner Tod.«

»Ohnezahn sch-sch-schläft hier nicht!«, fuhr Ohnezahn empört auf. »Viel zu kalt! Ohnezahn ist em-em-empfindlich, SENSIBEL …« Er schaute, ob der große Drache wirklich schlief. Einauge stieß ein tiefes, grollendes Schnarchen aus, und Ohnezahn fuhr fort: »… nicht wie DU, du großer weißer, dämlicher Berggorilla …«

Einauge schlug sein Auge auf und schnappte mit seinem großen Säbelzahnkiefer nach Ohnezahn … doch vergebens, denn Ohnezahn hatte die Reflexe einer Schmeißfliege und war bereits durch das Loch im Dach hinuntergetrudelt. Ohnezahn segelte in die Große Halle, flog über die Köpfe der schlafenden, murmelnden Tobsüchtigen und landete auf Hicks' Käfig.

Der Käfig schaukelte heftig nach rechts und Hicks wurde unsanft geweckt, als er mit dem Kopf heftig an eine Stange stieß.

»Autsch!«, schimpfte Hicks und schaute in die grünen Augen seines kopfüber hängenden Hausdrachen.

»Ohnezahn!«, flüsterte er glücklich. »Thor sei

Dank, dass du hier bist. Siehst du, ich wusste doch, dass es eine gute Idee war, dich mitzunehmen ... du kannst die Lage retten!«

»HA!«, brummte Ohnezahn zornig.

»Flieg doch rasch zu dem großen gefrorenen Wikinger rüber, ja, und klau die Kartoffel. Dann machen wir uns aus dem Staub ...«, flüsterte Hicks.

Ohnezahn schaute, wohin Hicks zeigte, auf Norberts Papa, Grobkarl und auf das Kästchen und schrie entsetzt auf.

»K-K-K-Kreischer!«, keuchte er, sprang zu Hicks in den Käfig und vergrub das Gesicht an dessen Bein.

»Ach, du meine Güte, die hab ich ja völlig vergessen. Kreischer können einen kleinen Drachen wie dich leicht töten, was?«, erinnerte sich Hicks und strich dem kleinen Drachen tröstend über den Rücken. »Okay, du musst die Kartoffel nicht stehlen. Aber den Schlüssel zum Käfig hat Norbert die Hohlnuss in der Tasche, und wenn du kurz rüberflattern und ihn holen könntest ...«

Doch Ohnezahn hatte die Zwiebelsuppe an Hicks' Bein gerochen und fing an zu lecken.

»Z-Z-Z-Zwiebelsuppe!«, sagte Ohnezahn vorwurfsvoll. »Du hast Z-Z-Z-Zwiebelsuppe gegessen!«

»Jaja«, sagte Hicks hastig, »ich bin in die Suppe gefallen, aber wegen dem Schlüssel ...«

Doch dies war für Ohnezahn der Tropfen, der das Fass

zum Überlaufen brachte. Er war STINKSAUER und plusterte sich fast zur doppelten Größe auf vor Empörung. Er schoss aus dem Käfig wie ein wutentbrannter kleiner Ballon.

»Dassis NICH fair! Dassis NICH fair!«, schnaubte Ohnezahn. »Du hast dich mit Z-Z-Z-Zwiebelsuppe vollgestopft und der arme O-O-Ohnezahn VERHUNGERT und jetzt willst du, dass Ohnezahn einem ganzen Ha-ha-haufen Kreischern gegenübertritt, ohne was im Ba-Ba-Bäuchlein? TYPISCH! Na, da ka-ka-kannst du LANGE warten ... Ohnezahn macht jetzt erst mal Abendbrot und dann, dann hi-hi-hilft er dir vielleicht ...«

»OHNEZAHN!«, flüsterte Hicks so laut, wie er es wagte, »DAS IST WICHTIG! HOL MIR JETZT SOFORT DEN SCHLÜSSEL, SONST ... SONST ... SONST ...«

»Ja? Was sonst?«, höhnte Ohnezahn frech und flatterte aus der Reichweite von Hicks, der verzweifelt versuchte, durch die Käfigstäbe den Schwanz des kleinen Drachen zu packen. Ohnezahn streckte ihm seine kleine rosafarbene gespaltene Zunge heraus, sprang hinunter auf die Festtafel und ließ sich Büffelbratenpastete schmecken und achtete nicht weiter auf Hicks' wütendes, enttäuschtes Flüstern aus dem Käfig, der über ihm schwebte.

»Ohnezahn kann nicht hören!«, sang Ohnezahn, das Maul voll Kürbis. »Ha-ha-hat was in den Ohren!

Ooooh, das reimt sich ja fast ... Ohnezahn ka-ka-kann nicht hören, hat was in den Öhren! Ohnezahn ka-ka-kann nicht hören, hat was in den Öhren!«

Die nächsten fünf Minuten tat Ohnezahn so, als wäre er taub, und hüpfte gemächlich von einem Teller zum nächsten, schlemmte frittierte Makrelen, Truthahnflügel und Maispfannkuchen.

Schließlich schluckte er die letzten Reste der Pastete, trank einen kräftigen Schluck Hausgemachten Brennnesselchampagner, rülpste und rieb sich zufrieden den Bauch. »Scho-scho-schon besser. Ohnezahn kann jetzt hören. Washasse sagt?«

»WÜRDEST DU DEN SCHLÜSSEL AUS DER TASCHE VON NORBERT DER HOHLNUSS HOLEN, BEVOR ER UNS ALLE KALTMACHT?«, zischte Hicks auf höchster Flüsterstufe.

»Sa-sa-sag hübsch bitte ...«, sang Ohnezahn.

»Hübsch bitte«, flüsterte Hicks mit zusammengebissenen Zähnen.

»Okay, okay, reg dich nicht auf«, sagte Ohnezahn. Er hob ab (ziemlich eiernd, weil er so viel gefressen hatte) und machte eine Bruchlandung auf der Brust von Norbert der Hohlnuss. Zum Glück war Norbert dermaßen weggetreten, dass er kaum ächzte und seine Axt noch ein wenig enger an sich schmiegte.

Kichernd biss Ohnezahn mit zwei Bissen seines harten zahnlosen Zahnfleischs beide Spitzen von Norberts

kunstvollem Schnurbart ab und dann torkelte er in Norberts Tasche und zog den Schlüssel heraus.

Mit dem Schlüssel im Maul marschierte Ohnezahn über die Festtafel und spuckte ihn ab und zu aus, um Hicks mit einer spitzen Bemerkung zu bedenken.

»Is TÜÜPISCH«, schnaubte Ohnezahn. »Tü-tü-tü-tüpisch. Der arme alte hungrige O-O-Ohnezahn wird mitten aus dem Winterschläfchen ge-ge-geweckt, nur um schon wieder die La-La-Lage zu retten.«

Ohnezahn nahm den Schlüssel wieder ins Maul. Doch diesmal war ihm sein großer, übervoller Bauch im Weg, sodass er nicht genau sah, wohin er die Füße setzte, und so stolperte er über ein Messer, das mitten auf dem Tisch lag.

Ohnezahn taumelte nach vorn und stieß eine Kerze zu Boden, die prompt ein Eisbärenfell in Brand steckte. Er machte einige Purzelbäume, wirbelte um und um, bis er mit dem Hintern voran in dem Wildschweinschmortopf landete und … den Schlüssel verschluckte.

»Sch-sch-schluck …«, sagte Ohnezahn.

13. DER GROSSE KARTOFFELRAUB

»AAAARGH!«, wütete Hicks und schüttelte die Stäbe seines Käfigs. »Typisch! Vor fünf Minuten war ich nur in einem Saal voller tobsüchtiger Krieger in einem Käfig eingesperrt. Jetzt hast du den Schlüssel verschluckt und den Saal in Brand gesetzt! Flattre hoch und weck Kamikazzi und dann mach das Feuer aus!«

»Sa-sa-sag hübsch bitte ...«, sagte Ohnezahn trotzig mit erstickter Stimme.

»Hübsch bitte!«, fuhr Hicks ihn im lautesten Flüsterton an, den er zustande brachte.

Ohnezahn flog taumelnd hinauf zu dem Balken, wo Kamikazzi schlief, und weckte sie, indem er ihr leise »Kein Schlüssel! Kein Schlüssel!« ins Ohr quietschte, bevor er wieder hinunterflog, um das Feuer zu löschen.

Als Kamikazzi aufwachte, nahm sie die Situation augenblicklich in die Hand. Sie stand auf und balancierte ruhig über den Balken, als bewegte sie sich unten auf sicherem Boden und nicht zwanzig Meter hoch in der Luft.

Sie wickelte ein weiteres Stück Seil von ihrer Taille und warf den Eisenhaken so, dass sich das Ende des Seils um den Balken wickelte, an dem Hicks' Käfig hing. Sie zog an dem Seil, um zu schauen, ob es hielt, und dann klammerte sie sich an das Seil und schwang sich zu Hicks' Käfig hinüber.

Kamikazzi schlängelte sich außen an dem Käfig hinunter und nahm das Schloss an der Tür unter die Lupe. Sie tastete in ihrer Tasche herum und holte ein langes, nadelähnliches Werkzeug heraus, steckte es in das Schloss und bewegte es fachmännisch hin und her.

»Das war unglaublich mutig von dir!«, flüsterte sie. »Für einen *Jungen,* meine ich natürlich ... So in die Suppe zu springen! Wenn du das nicht gemacht hättest, wüssten wir JETZT noch nicht, wo sie die Kartoffel aufbewahren ...«

Hicks überlegte, ob er ihr sagen sollte, dass das eigentlich ein Unfall gewesen war, entschied sich dann jedoch anders. »Ach, weißt du ...«, flüsterte er bescheiden. »Das war doch nichts. Solche ... solche *Sprünge* mache ich dauernd. Was machst du da?«

»Ich knacke das Schloss«, antwortete Kamikazzi leichthin.

»Schlösser sind für uns Sumpfdiebe ein Kinderspiel ... uns kann kein Gefängnis halten. Wir zappeln wie die Aale. Wir hüpfen wie die Grillen.«

Das Schloss klickte plötzlich laut und die Tür von Hicks' Käfig schwang auf.

»Ihr Ausgang, Mylord«, grinste Kamikazzi.

Hicks kletterte aus dem Käfig und ließ sich auf die Festtafel hinunter. Er konnte sein Glück kaum fassen.

»Und jetzt«, Kamikazzi runzelte die Stirn, »zu dem Gemüse-dessen-Namen-niemand-zu-nennen-wagt. Wir haben nicht viel Zeit.«

Das hatten sie tatsächlich nicht.

Ohnezahn hatte versucht, das brennende Eisbärenfell zu löschen, indem er das Feuer mit seinen Flügeln erstickte. Als das nicht funktionierte, hatte er Hausgemachten Brennnesselchampagner darübergekippt.

Die Flammen sprangen einen Meter hoch und das Feuer griff auf einen Stuhl über.

»Ach, du l-l-l-liebe Zeit!«, jammerte Ohnezahn. »Ohnezahn ha-ha-ha-hat's vermasselt ... alles Ohnezahns Schuld ... achduliebezeit ...«

»Ohnezahn«, befahl Hicks, »hör auf, den Brand noch SCHLIMMER zu machen, und komm her. Wir brauchen DEINE Hilfe, um die Kartoffel zu stehlen.«

Ohnezahn flatterte zu ihm, schuldbewusst, und war deshalb unerwartet gehorsam.

»Ich will, dass du das Eis in dem Kästchen schmilzt«, sagte Hicks.

»A-a-a-aber die Kreischer?«, wimmerte Ohnezahn.

Hicks wickelte dem kleinen Drachen seinen Schal um die Ohren, als Ohrstöpsel-Ersatz.

»Warte, bis Ohnezahn das Eis geschmolzen hat, denn es könnte sein, dass du die Kreischer auslöst«, erklärte er Kamikazzi. »Wenn er zu nah dran ist, können sie so einen klitzekleinen Drachen wie Ohnezahn mit ihrem Kreischen schachmatt setzen.«

»K-k-k-litzeklein?«, fuhr Ohnezahn gekränkt auf. »Ohnezahn ma-ma-mag das Wort KLITZEKLEIN nicht.«

»Du hast es mit einer MEISTERDIEBIN zu tun«, sagte Kamikazzi. *»Ausgeschlossen,* dass ich die Kreischer auslöse.«

Wie durch ein Wunder befanden sich die Tobsüchtigen in einem solchen Vollrausch, dass nicht einmal der Lärm und Aufruhr und das mächtige Feuer, das mitten in ihrer Großen Halle brannte, sie weckte. Sie schnarchten weiter, völlig bewusstlos.

Zitternd vor Angst (und auf einer ziemlich schiefen Flugbahn, behindert von seinem Pelzmantel und seinem vollgefressenen Bauch und weil der Schal ihm immer wieder über die Augen rutschte) flog Ohnezahn über die wabernden Nägel der Kreischer. Das war sehr mutig von ihm, denn wenn er nach unten schaute, konnte er ihre scheußlichen schwarzen, kugeligen Leiber mit den Piranhazähnen sehen. Für einen so kleinen Drachen wie Ohnezahn war es, als würde er lässig an einem Rudel gieriger Löwen vorbeispazieren.

Über dem Kästchen schwebend, hatte er solche Angst, dass seine Feuerlöcher einen Augenblick verkrampften und er keine einzige Flamme ausatmen konnte, nur Wolken und Wolken blaugrauen Rauchs.

»Entspann dich …«, flüsterte Hicks vom Tisch aus. »Atme tief durch … ohne Druck … du hast alle Zeit der Welt …« Obwohl inzwischen der halbe Saal in Flammen stand, versuchte Hicks, so ruhig wie möglich zu sprechen.

»Alle Zeit der Welt …«, sang Hicks nervös. »Entspann dich einfach … Denk an was Schönes …«

Die Nägel der Kreischer fingen an zu zucken, denn sie spürten den Rauch.

»HA!«, paffte Ohnezahn wütend und verschwand beinahe in dem ganzen Rauch, den er machte.

»Wa-wa-was Schönes! Hi-hier is ganix Schönes!« Und zu Hicks' großer Erleichterung mündete Ohnezahns letztes beleidigtes Schnaufen in einen großen Feuerstoß, der das ganze Kästchen einhüllte.

»Setz bloß die Kartoffel nicht in Brand!«, ermahnte Hicks ihn.

»Se-se-setz dies in Brand! Se-se-setz jenes NICHT in Brand!«, maulte Ohnezahn. »Herr Hicks soll aufhören, Ohnezahn RUMZUKOMMANDIEREN, und den Drachen mal machen lassen!«

Dann verkleinerte er seine Flamme und richtete sie unverwandt auf das Eis um die Kartoffel. Langsam, aber sicher fing das Eis an zu schmelzen.

Inzwischen kletterte Kamikazzi wieder hinauf unter die Decke und schlängelte sich durch die Balken, bis sie sich direkt über Norberts Papa befand.

Sie ließ sich an einem Seil hinunter, bis sie wie eine kleine Spinne ungefähr einen Meter über dem Kästchen hing, und dann wickelte sie das Seil um ihren Knöchel und ließ sich kopfüber hinunterfallen.

Sie wartete, bis Ohnezahn das Eis geschmolzen hatte und in sichere Entfernung auf Hicks' Schulter geflattert war. Direkt vor den eisig stierenden starrenden Augen von Norberts Papa griff Kamikazzi in das Kästchen und holte behutsam die Kartoffel mit dem Pfeil darin von ihrem Bett aus Eis. Hicks hielt die Luft an. Wenn das Kästchen präpariert war, dann würde *jeden Augenblick* etwas passieren …

Doch es schien keine versteckte Gefahr zu geben. Kamikazzi hing kopfüber am Seil, die Kartoffel in der

Hand. Norberts Papa wackelte einen Augenblick auf seinem Gestell, immer noch grimmig grinsend, den Blick stur nach vorn gerichtet. (Schließlich war er TOT.) Das Schnarchen der schlafenden Tobsüchtigen dröhnte friedlich durch die stille Große Halle.

Kamikazzi steckte die Kartoffel in ihre Tasche.

»Sie hat's geschafft, sie hat's geschafft, sie hat's geschafft …«, flüsterte Hicks bei sich.

Kamikazzi wollte sich gerade wieder hochbiegen und das Seil raufklettern, da entdeckte sie noch etwas in dem Kästchen.

»Oh, oh …«, flüsterte Hicks.

Kamikazzi konnte nicht widerstehen. Sie griff hinein und nahm das Nochetwas aus dem Kästchen …

Eine Sekunde lang schien es, als wäre immer noch alles gut.

Doch die gefrorene Leiche von Norberts Papa war wohl sehr exakt ausbalanciert gewesen, und als das zweite Objekt aus dem Kästchen entfernt wurde, kippte die Leiche zuerst ga-a-a-nz langsam und dann immer schneller nach hinten, bis sie wie ein gewaltiger Baumstamm in den wabernden Wald der Kreischer stürzte.

»AAAIIEEE!!!«, kreischten die Kreischer.

Ihr Geschrei war einfach ohrenbetäubend.

Das Glaskästchen zersprang in tausend Scherben und das restliche Eis darin fiel zu Boden.

Wie elektrisiert schossen überall im Raum Tobsüchtige

kerzengerade in die Höhe, schlugen verschlafen die Augen auf und fragten einander: »Wassis'n das? Wassis'n los?« Selbst mit dem Schal über den Ohren und obwohl Hicks seine Hände noch schützend darübergelegt hatte, fiel der arme alte Ohnezahn von dem Lärm beinahe in Ohnmacht.

»Pass auf, Kamikazzi!«, rief Hicks. Norbert die Hohlnuss wachte auf und warf seine Doppelaxt nach Kamikazzi, die am Seil hing. Kamikazzi sah die Axt kommen und ließ sich fallen.

Die Axt verfehlte ihr Ziel und Kamikazzi landete auf dem Boden, genauer gesagt auf dem wabbeligen Bauch eines Tobsüchtigen, der so weggetreten war, dass er nicht einmal aufwachte.

Norbert die Hohlnuss hechtete los, um seinen gefrorenen Vater vor den kreischenden Kreischern zu retten. Steif und eiskalt, wie er war, versuchten sie trotzdem, ihn aufzufressen, bissen sich die Zähne aus an seinen hart gefrorenen Beinen, griffen mit ihren schrecklich langen Nägeln nach seinem steif gefrorenen Schnurrbart. Sobald Norbert seinen Papa in Sicherheit geschleift hatte, hörten die Kreischer so plötzlich auf zu kreischen, wie sie angefangen hatten. Norbert die Hohlnuss zog sein Schwert und schritt mit mörderischer Miene auf Kamikazzi zu …

»RAUS HIER!«, schrie Kamikazzi. »Ich komme zurecht, macht euch um mich keine Sorgen!«

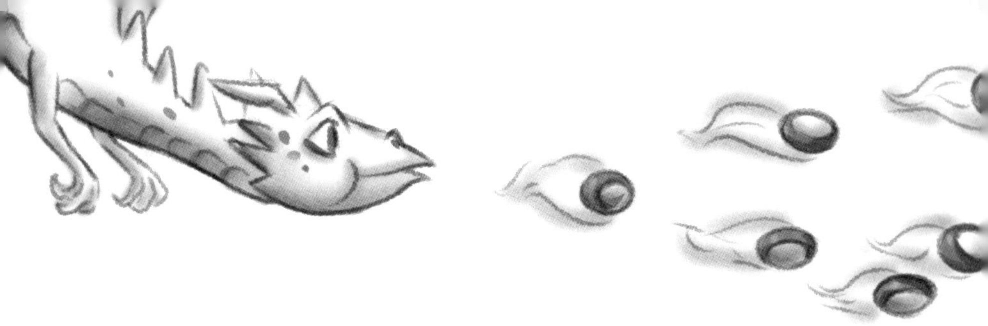

Hicks stand mitten auf dem Tisch. Ungefähr zwanzig hochgewachsene Krieger näherten sich ihm bereits mit gezückten Schwertern, Äxten und Dolchen. Die Chancen standen nicht gut für Hicks ...

... und er war komplett unbewaffnet.

Er hatte weder Pfeil und Bogen noch einen Dolch.

Er hatte nicht einmal sein Schwert, denn das hatte Norbert die Hohlnuss ihm abgenommen, wenn ihr euch erinnert. (Was eine Schande war, denn Hicks war ein großartiger Schwertkämpfer.)

Da Hicks also kein Schwert hatte, nahm er zwei große, matschige, sahnige Kürbispasteten und ließ sie wie Becken am Kopf eines Kriegers zusammenkrachen. Der Tobsüchtige fiel nach hinten, voll klebriger, tropfender Kürbispampe, und setzte sich prompt auf einen kleineren Krieger, der hinter ihm stand.

Hicks duckte sich unter den Schwertstößen der Tobsüchtigen. Er packte das Nächste, was ihm unterkam, ein mächtiges, halb abgenagtes TRUTHAHNgerippe, und briet es dem nächsten Krieger über. Und zwar mit solcher Wucht, dass der Tobsüchtige bis zur Taille darin verschwand und nur noch gedämpfte Laute aus dem

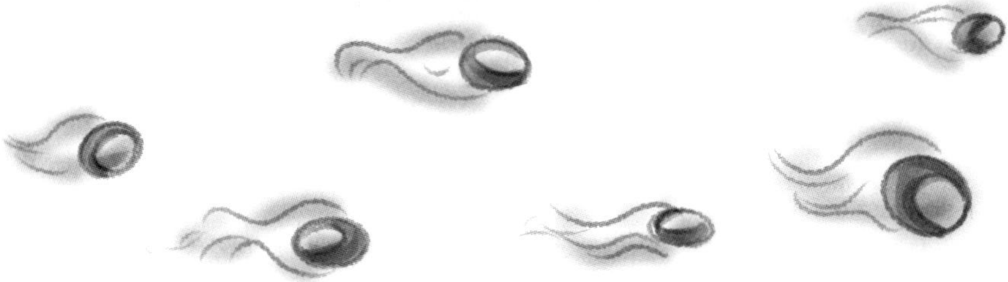

Truthahn kamen. Der Krieger taumelte von dannen wie ein lächerlich großes totes Huhn mit Menschenbeinen. Allmählich kam Hicks in Schwung. Er schüttete ganz schnell eine ganze Schüssel Ahornsirup auf den Boden, sodass die Tobsüchtigen ausrutschten und durch den Saal schlitterten. Und einen Krieger setzte er mit einer Wassermelone außer Gefecht.

Er bewarf sie mit Zwiebeln. Jetzt, da die Kreischer aufgehört hatten zu kreischen, flog Ohnezahn herbei, um sich an dem Kampf zu beteiligen. Er fand eine Schüssel mit Kastanien und stopfte sich das Maul damit voll, bis seine Backen dick aufgeplustert waren wie die eines Hamsters. So surrte er über die Köpfe der Krieger und spuckte Feuer und glühend heiß geröstete Kastanien durch die Gegend, ein wildes Sperrfeuer brennender Geschosse.

In der Großen Halle herrschte Chaos. Gemüse flog in alle Richtungen. Tobsüchtige, die von dicken, überreifen Tomaten geweckt wurden, die an ihren Gesichtern zerplatzten, dachten, das Ganze wäre eine fröhliche mitternächtliche Essensschlacht, und stürzten sich begeistert ins Getümmel.

»Beeil dich, Kamikazzi!«, schrie Hicks und schlug einem Gegner eine große, flache Flunder um die Ohren, bevor er ans andere Ende des Tisches lief.

Kamikazzi hatte alle Hände voll zu tun. Sie verteidigte sich gegen Norbert die Hohlnuss, der sie vor Wut kochend mit dem Schwert attackierte.

Norbert die Hohlnuss hatte zwei harte Tage gehabt. Sein Hintern pochte noch von der Pfeilwunde. Hicks hatte ihn beim Urteil durch die Axt zum Narren gehalten und jemand hatte ihm, wie es schien, seinen geliebten Schnurrbart angeknabbert. Und jetzt wollten die Raufbolde auch noch das amerikanische Gemüse seines Vaters stehlen. Dabei besaßen sie nicht einmal so viel Anstand, richtige, erwachsene Meuchelmörder zu schicken! Dieser dritte Meuchelmörder war ja noch kleiner als die ersten beiden. Um dem Ganzen die Krone aufzusetzen, hatte er, Norbert die Hohlnuss, erhabener Häuptling des Stammes der Tobsüchtigen und meisterlicher Schwertkämpfer, einige Mühe, diese *zarte, kleine blonde Meuchelmörderin* im Kampf Mann gegen … ähm … Mädchen zu schlagen. Sie hielt einfach nicht still. Sie parierte jeden seiner Stöße und sang dabei unbekümmert die Nationalhymne der Sumpfdiebe. Sie hob sogar mitten im Kampf ein Wildschweinsandwich vom Boden auf und futterte es.

Dabei quasselte sie UNAUFHÖRLICH. »Du hast hoffentlich nichts dagegen, wenn ich was esse«, sagte sie im Plauderton, fälschte seinen Grimmbarts Bluthiebstoß ab und setzte zu einem mörderischen Stechhieb an. »Ich weiß, dass es sich eigentlich nicht gehört, mit vollem Mund zu kämpfen, aber ich bin total am VERHUNGERN. Hab den ganzen Abend nichts gegessen …« Norbert die Hohlnuss verzog das Gesicht zu einem grimmigen Grinsen und sprang mit einem besonders gewaltsamen Schwerthieb vor.

Sie wich aus, sprang auf, schaukelte an seinem Bart, während sie ihre klebrigen Finger vorne an seinem Hemd abwischte, und hopste wieder von ihm runter.

»Ich bringe dich um …«, keuchte Norbert die Hohlnuss, dem Tränen in den Augen standen, so weh hatte es getan, als sie an seinem Bart gehangen hatte. »Zuerst mit meinem Schwert und dann mit meiner Axt und dann verfüttere ich dich an die Kreischer.«

»Du tüchtiger, *tüchtiger* Junge!«, sang Kamikazzi, die mit Entzücken sah, dass ihr Seil direkt hinter seinem Kopf baumelte. »Aber zuerst musst du mich FANGEN …«

Und damit machte sie einen Purzelbaum zwischen seinen Beinen durch, sprang auf der anderen Seite wieder auf die Füße, krabbelte mit erstaunlicher Geschwindigkeit ihr Seil hinauf und zog das Ende hinter sich hoch.

Verdutzt schaute Norbert die Hohlnuss einen Augenblick auf seine Beine und dann durch sie hindurch, und dann wirbelte er herum, um festzustellen, dass Kamikazzi sich anscheinend in Luft aufgelöst hatte.

Er wirbelte noch einmal herum. Dort war sie auch nicht. Sehr merkwürdig …

Kamikazzi schaukelte wenige Zentimeter über Norberts Kopf und lupfte ihm mit ihren geübten Taschendieb-Fingern den Helm so sachte vom Kopf, dass er es überhaupt nicht bemerkte.

Dann haute sie ihm mit der gefrorenen Kartoffel, so fest sie konnte, auf die Rübe. Norbert wankte ein wenig, schwankte hierhin und dorthin und ging bewusstlos zu Boden. Sobald er bäuchlings dalag, seilte sich Kamikazzi wieder ab und schlug ihm beruhigend auf die Schulter.

»Übung, Norbert, du brauchst Übung«, sagte sie herablassend. »Zum Lernen ist man nie zu alt.«

»KAMIKAZZI!!!!«, schrie Hicks von der Festtafel, streckte einen Tobsüchtigen mit einer gebratenen Büffelkeule nieder, schob einem anderen eine Mohrrübe in die Nase und besprühte drei weitere mit Hausgemachtem Brennnesselchampagner. »Komm her!« Kamikazzi schwang sich hinüber und landete neben ihm auf dem Tisch.

Die Festtafel stand inzwischen zum größten Teil in Flammen und das Feuer hatte auf sämtliche Eisbärenfellteppiche übergegriffen.

Das Beunruhigendste war jedoch, dass die Kreischer sich tatsächlich BEWEGTEN, um aus der Großen Halle zu kommen. Kreischer sind so faul, dass sie sich nur vom Fleck rühren, wenn sie in Lebensgefahr sind.

Sie zappelten zur Tür wie ekelhafte, fette, aufgeblähte Nacktschnecken und wedelten hektisch mit ihren Nägeln. Hinter sich her zogen sie eine rotzige Schleimspur.

Das Seil, das sich hoch zum Schornstein im Dach schlängelte und dessen anderes Ende an Einauges riesigem Bein verknotet war, baumelte zwischen Kamikazzi und Hicks. Sie packten es, husteten von dem Rauch und zogen drei Mal daran.

Bevor Einauge sie aus der Gefahrenzone zog, beugte Hicks sich in letzter Sekunde noch einmal hinunter und schnappte sich ein silbernes Tablett vom Tisch.

Und dann waren sie weg und die Schwerter der Tobsüchtigen streiften nur noch an ihren Fersen vorbei, als sie rasch zur Decke aufstiegen und durch das Loch im Dach verschwanden.

14. DIE FLUCHT DER KARTOFFELDIEBE

Wie Maulwürfe blinzelnd, tauchten sie ins Helle, denn es war Morgen geworden, während sie in der Großen Halle der Tobsüchtigen gewesen waren. Der Himmel war nicht mehr schwarz, sondern blaugrau wie der Rücken einer Seemöwe und hinter den Irren Wirrmeeren ging rasch die Sonne auf.

Unter sich hörten sie den Tumult der Tobsüchtigen. Der lauteste war Norbert die Hohlnuss, er brüllte: »MEIN GEMÜSE! SIE HABEN MEIN GEMÜSE GERAUBT!« Schon stürmten die Tobsüchtigen zur Tür, um sie zu verfolgen. Hicks wusste, dass sie nicht darauf hoffen konnten,

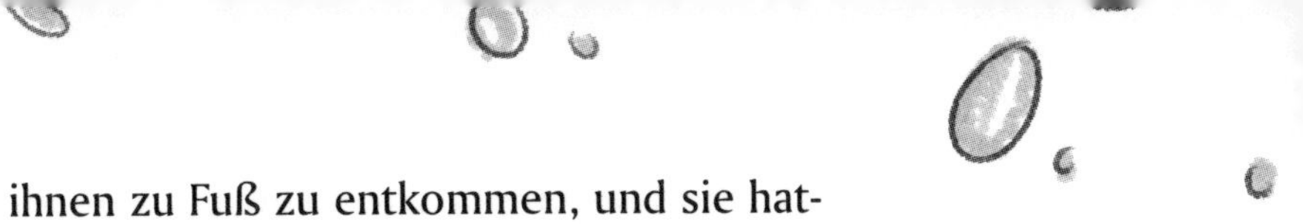

ihnen zu Fuß zu entkommen, und sie hatten keine Zeit, ihre Skier zu suchen.

In solchen Situationen hilft es einem zuweilen nicht, besonders stark zu sein, denn ehrlich, ihr könnt noch so stark sein – wenn fünfhundert Tobsüchtige auf Skiern hinter euch her sind und ihr seid nur VIER, dann werdet ihr den Kampf nicht gewinnen.

Was man in SO EINER Situation braucht, ist eine tolle Idee und zum Glück war Hicks ein Meister toller Ideen.

Hicks legte das Tablett auf das Dach und setzte sich drauf.

»Komm, Kamikazzi, setz dich hinter mich«, befahl Hicks.

»Oh, toll«, sagte Kamikazzi. Ihre Augen leuchteten auf. Das Dach der Großen Halle ragte leicht über die Befestigungsmauern des Dorfes. Von dort führte der Hang steil hinunter direkt zum Hafen.

Als die Tobsüchtigen also in einem brüllenden, wütenden Strom aus den Türen der Großen Halle drängten, hatten sie einen ausgezeichneten Blick auf Kamikazzi und Hicks, die an Bord eines ihrer silbernen Tabletts das

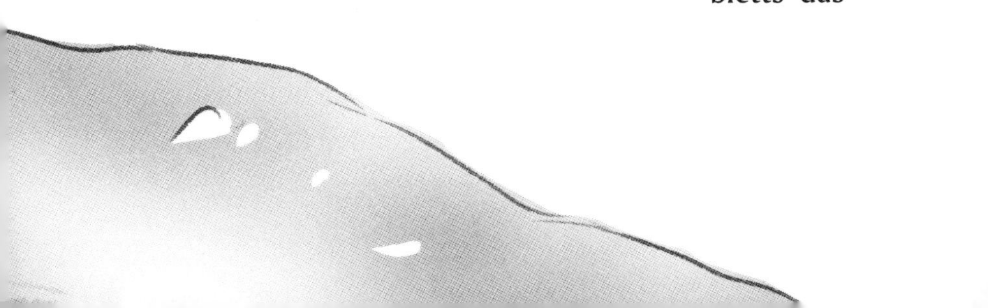

Dach hinunterrodelten und über die Dorfmauern segelten.

»JUHUUUUUUUUUUUU!!!!!!!«, schrien Hicks und Kamikazzi, als sie durch die Luft zischten.

Wie durch ein Wunder landeten sie richtig herum auf dem Hang. Und dann begann die blitzartige Abfahrt.

Ich kann euch flüstern, es gibt auf Erden nichts Schnelleres als zwei Kinder auf einem schimmernd polierten silbernen Tablett, die einen praktisch senkrechten Hang runterrasen.

Hicks war schon einige Male Schlitten gefahren, doch noch nie einen Hügel hinunter, der steil war wie eine Klippe. Und tatsächlich erinnert inzwischen ein jährliches Wettrennen an diese Rodelpartie. Es ist bekannt unter dem Namen »Die Flucht der Kartoffeldiebe«. Die Rennstrecke folgt der Route, die Hicks und Kamikazzi genommen haben, startet also oben auf dem Dach der Großen Halle und endet keine zwei Minuten später im Hafen der Tobsuchtsinsel.

»Die Flucht der Kartoffeldiebe« ist die gefährlichste Rodelstrecke auf den Inneren Inseln. Nur die Mutigsten versuchen es und Unfälle sind an der Tagesordnung.

Hicks und Kamikazzi hatten Glück, dass sie sich nicht den Hals brachen. Sie bretterten den Hügel hinunter, völlig außer Kontrolle, und schrien sich die Seele aus dem Leib. Einauge und Ohnezahn konnten nicht mithalten; es war, als versuchten sie, einen fliegenden Pfeil zu fangen.

Als sie mit blauen Flecken am Hintern, zu Berge stehenden Haaren und Glupschaugen zwei Minuten später im Hafen aufs Eis polterten, schossen sie weit an dem Schlitten, den sie dort stehen gelassen hatten, und an *Schräger Vogel,* die geduldig auf ihre Rückkehr wartete, vorbei.

Sie kletterten rasch von dem Tablett und liefen zum Schlitten. Einauge schwebte herunter und sie spannten ihn eilig an und ließen ihn in flottem Trab zum Ausgang des Hafens laufen.

»Oh, mein Gott«, keuchte Kamikazzi und schaute zum Tobsuchtsdorf zurück, wo die Große Halle jetzt in hellen Flammen stand. »Die Tobsüchtigen werden GANZ SCHÖN WÜTEND sein.«

»Gratuliere«, knurrte Einauge, an Hicks gewandt, als er sie rasch von dannen zog. »Du bist der erste Mensch, dem ich je begegnet bin, der sein Hirn benutzt und nicht nur seine Muskeln.«

»Wenn er wi-wi-wirklich sein Hi-Hi-Hi-Hirn benutzen tät«, maulte Ohnezahn, der sie eingeholt hatte und völlig erschöpft auf der Sitzbank des Schlittens zusammenbrach, »wä-wä-wärn wir gaanich hier.«

Just in diesem Augenblick kamen die Tobsüchtigen über die Kuppe des Hügels.

Sie hatten ihre Helme aufgesetzt und Skier angeschnallt und heulten das Hysterische Heulen wie eine Meute rasender Wölfe. Sie schossen schon mit Pfeilen auf sie und versuchten, den Schlitten zu treffen. Doch sie waren zu weit weg. Sobald sie mit den Skiern das Eis erreichten, schlitterten sie noch ein Stück weiter, kamen dann jedoch zum Stehen. Hicks und Kamikazzi waren inzwischen fast beim Hafenausgang und die Pfeile der Tobsüchtigen landeten harmlos auf dem Eis.

Kamikazzi schaute über die Schulter zu den wütenden Tobsüchtigen hinüber und stieß ein lautes Freudenjuchzen aus, als Einauge aus dem Hafen der Tobsuchtsinsel hinausgaloppierte.

»Wir haben's geschafft!«, schrie sie.

»Noch nicht«, sagte Hicks nervös. Das deutliche Knacken, das so klang, als schlugen Äxte an einen Baumstamm, war jetzt, da sie auf dem Eis waren, noch lauter. Und Hicks hielt Ausschau nach dem Höllenschlund.

»Hier ist das Gemüse«, sagte Kamikazzi und reichte Hicks die gefrorene Kartoffel mit dem Pfeil darin. »Und das andere, was ich in dem Kästchen gefunden habe … Es tut mir leid, ich hätt's nicht nehmen sollen, aber wenn man mal mit dem Klauen anfängt, ist es schwer, wieder damit aufzuhören.«

Hicks nahm die Kartoffel und das andere Ding und steckte beides in seine Brusttasche, ohne sich recht darauf zu konzentrieren, denn unter dem Boot war der gewaltige Schatten des Höllenschlunds aufgetaucht. Er folgte ihnen unter dem Eis.

»Wenn wir das offene Meer erreichen, *bevor* das Eis

bricht, schaffen wir's«, murmelte Hicks bei sich. »Der Höllenschlund verlässt die Zornige Meeresenge nicht. Der Höllenschlund hat die Zornige Meeresenge seit fünfzehn Jahren nicht verlassen …«

Die Wände der Klippen rasten auf beiden Seiten an ihnen vorbei. Der Höllenschlund, dunkel und schrecklich, endlos lang, schwamm langsam unter ihnen her. Und sie erreichten den Rand des offenen Meeres, ohne dass das Eis brach.

»Siehst du!«, meinte Kamikazzi grinsend. »Wir *haben* es geschafft!«

15. VIELLEICHT SCHAFFEN SIE ES JETZT

Es schien, als hätten sie es TATSÄCHLICH geschafft, als sie aus der Zornigen Meeresenge auf das offene Meer hinausschossen. Einauge zog sie mit einer Wahnsinnsgeschwindigkeit in die Große Weiße Wildnis, die Zornige Meeresenge blieb hinter ihnen zurück, die Kartoffel war sicher in Hicks' Brusttasche und nach Berk waren es mit dem Schlitten nur noch drei Stunden.

Und dann lief alles schief.

»Wa-wa-wa-wasissssdasss??«, stammelte Ohnezahn und zeigte mit einem Flügel auf eine Gestalt auf dem Eis hinter ihnen, die mit jeder Sekunde näher kam.

Das war ein gewaltiger hüpfender Zugdrache, weit größer und weit schneller als Einauge, und er zog einen riesigen Schlitten mit einem Mann darauf. Einem sehr *zornigen* Mann mit einer Pfeilwunde am Hintern, einer Beule am Kopf, abgeknabberten Schnurrbartspitzen und einer doppelschneidigen Wurfaxt in einer Hand.

Es war tatsächlich Norbert die Hohlnuss.

Bevor Hicks Zeit hatte nachzudenken, hatte Norbert sie schon eingeholt. Er fuhr mit seinem Schlitten neben den galoppierenden Einauge. Und dann holte Norbert aus und trennte mit einem Axthieb die Leinen und Zügel, mit denen Einauge am Schlitten festgemacht war.

Einauge sprang weiter, doch der Schlitten und die *Schräger Vogel* dahinter blieben einfach stehen.

»Oh, miesepetrige Miesmuscheln«, stöhnte Hicks.

Da hockten sie jetzt, unbeweglich wie ein Stein, mitten in einer riesigen weißen Wüste, die sich endlos in alle Richtungen erstreckte. Vor ihnen zog Norbert die Hohlnuss an den Zügeln seines Säbelzahnzugdrachen, um seinen Schlitten zum Angriff zu wenden.

Unter ihnen lauerte der Höllenschlund.

Zum ersten Mal seit fünfzehn Jahren hatte der Höllenschlund die Zornige Meeresenge verlassen.

Auch er hatte da angehalten, wo der Schlitten stehen geblieben war. Ja, der Schlitten war mitten in seinem schrecklichen grünen Auge zum Halten gekommen wie im Herzen einer Zielscheibe.

Und ein Ziel war er tatsächlich, nämlich für Norbert die Hohlnuss.

Norbert sprang auf ihren Schlitten, groß und schrecklich und VOLLKOMMEN DURCHGEKNALLT.

»AHA!«, dröhnte er und sein Auge zuckte aus reiner schrecklicher Mordlust. »ICH HAB DICH ERWISCHT, DU WIDERLICHE BLONDE MEUCHELMÖRDERIN! UND JETZT WILL ICH DICH LEHREN, ANDEREN NICHT IHRE EIGENE KARTOFFEL AUF DEN KOPF ZU HAUEN!«

Norbert die Hohlnuss erhob seine Axt über Kamikazzi und wollte gerade zuschlagen, da sagte Hicks laut: »Das würde ich nicht tun, Norbert.«

Hicks griff in seine Brusttasche und holte die Kartoffel mit dem Pfeil heraus. Es war wärmer als am Morgen und die Kartoffel, vorne in Hicks' Pelzmantel eingepackt, war nicht mehr gefroren.

Norbert sah Hicks an und keuchte erstaunt auf, als Hicks direkt vor Norberts Augen …

… DEN PFEIL AUS DER KARTOFFEL ZOG.

Denn der Pfeil kam, wie Hicks Norbert erklärt hatte, jetzt, da die Kartoffel aufgetaut war, ganz leicht heraus.

Hicks schob ihn noch ein paarmal in die Kartoffel und zog ihn wieder heraus, damit Norbert es auch auf jeden Fall kapierte.

Norbert die Hohlnuss ließ seine Axt fallen.

»Die Prophezeiung meines Vaters!«, schrie er und vergrub den Kopf in den Händen. »Ich glaube es nicht … Das kann nicht sein! Du … du widerlicher kleiner Raufbold-Gemüsedieb … Du… *du* bist der Auserwählte? …

Du wirst den Fluch brechen und uns von dem Höllenschlund befreien …?«

Hicks nickte ernst und dachte: *Total durchgeknallt.*

In diesem Augenblick stieg die Sonne über den Horizont …

Sonnenstrahlen glitzerten auf dem Schnee und dem Eis um sie herum und brachen sich in dem gewaltigen grünen Auge des Höllenschlunds und blendeten Hicks, sodass er einen Ellbogen hochziehen musste, um sich vor dem grellen Blick zu schützen.

Ein Lärm wie eine Million Peitschenhiebe breitete sich aus, eine Trillion Axthiebe oder tausend Blitze von Thor in einem einzigen Augenblick.

Das Eis brach von einem Ende zum anderen.

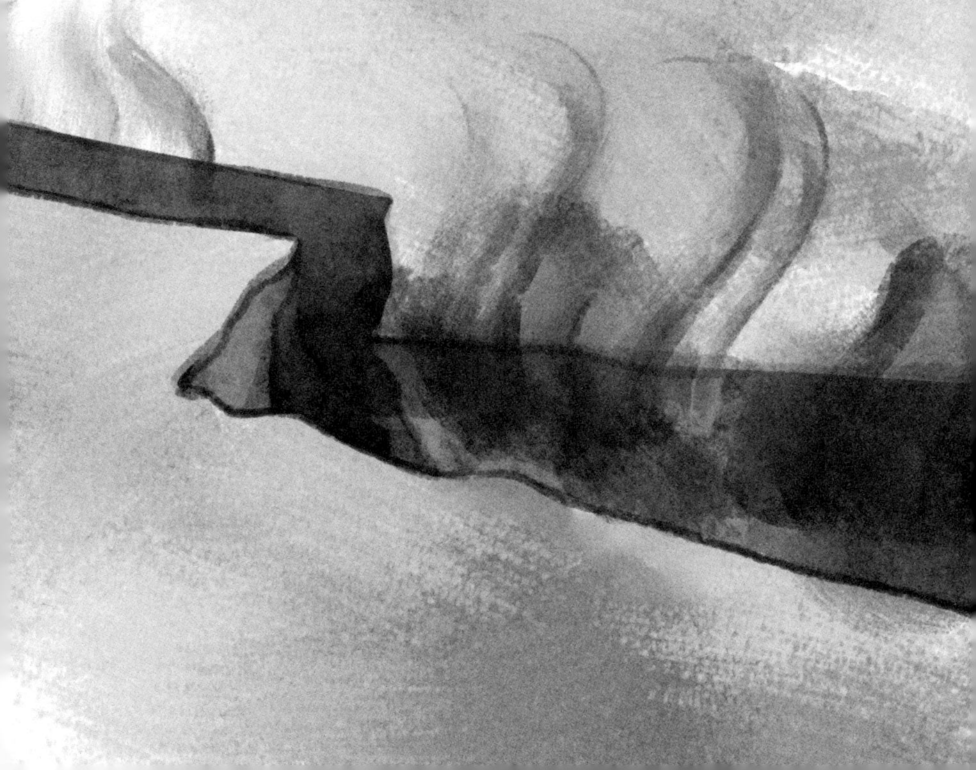

16. DER HÖLLENSCHLUND

In dem weiß gefrorenen Meer tat sich ein mächtiger, zackiger Riss auf, der von der Insel der Verbannten im Norden bis zu den Sumpfdiebinseln im Süden reichte.

Die Welt brach auf wie ein großes weißes Ei.

»Aaaaaaaa!«, schrie Hicks. »Schnell! Steigt in die *Schräger Vogel!*«

Norbert die Hohlnuss, Kamikazzi und Hicks sprangen rempelnd vom Schlitten und kletterten eilends in das kleine Boot. Das Eis gab unter ihren Füßen nach.

»LASST DAS SEGEL HERUNTER!«, schrie Hicks und schnitt das Seil durch, mit dem das Boot am Schlitten festgebunden war.

Das Segel fiel herunter und der Wind fing sich darin und blähte es auf wie ein dickes Kissen. Ein zweites gewaltiges KNACKEN ertönte und das Eis im Trüben Meer zerbrach in Millionen winziger Scherben. Der Schlitten versank sachte in dem graugrünen Wasser und ward nicht mehr gesehen und die *Schräger Vogel* schwamm.

Inmitten der zackigen Eisscherben zwischen ihnen, der Insel Berk und dem Horizont erhob sich der Höllenschlund. Aus dem Meer stieg er auf, ließ einen Eisregen auf die *Schräger Vogel* niedergehen, schoss in unermessliche, unmögliche, lächerlich hohe Höhen hinauf und versperrte ihnen die Sicht auf die Morgensonne.

Die LAUTE, die er ausstieß, waren unsäglich unerträglich, von einer so traurigen Traurigkeit erfüllt, dass man am liebsten mitgeweint hätte.

Laute, die ihnen wie Spinnenfüße über den Rücken krochen und über den Kopf flitzten, bis sich Hicks sämtliche Haare prickelnd aufrichteten wie die Stacheln eines Igels. Der Höllenschlund war schimmernd schwarz wie ein gigantischer, muskulöser Panther, und als er sein schreckliches Höllenmaul aufriss, um zu brüllen, waren seine Sägezähne so grün wie seine Augen und aus seinem Maul stieg gelber, blasiger Speichelschaum dampfend in die kalte Morgenluft.

Sein ganzer Leib schien kochend heiß zu sein. Und wie bei einem Pferd, das viele Kilometer galoppiert ist, stiegen von seinen ungeheuren schimmernden Flanken gewaltige Dampfwolken in den Himmel.

»Er ist hinter mir her …«, stöhnte Norbert die Hohlnuss und zitterte vor Angst.

»Nein, ist er nicht«, sagte Hicks. »Er ist hinter MIR her.« Der Höllenschlund schien wirklich direkt auf Hicks hinunterzuschauen.

Hicks war, als hätte er immer gewusst, dass das passieren würde, dass er niemals auf die Tobsuchtsinsel und von dort wieder nach Hause gelangen würde, ohne dem Höllenschlund von Angesicht zu Angesicht zu begegnen.

»*Schau ihm nicht in die Augen*«, warnte Einauge ihn.

Man soll einem Drachen nicht in die Augen schauen. Doch in diesem Fall war das sehr schwierig – denn die Augen waren so riesig und so nah wie zwei grüne Sonnen. Einen Augenblick war Hicks wie hypnotisiert und in seinem Kopf drehte sich alles, sodass er fast das Gleichgewicht verlor und aus dem Boot fiel.

»Was willst du?«, schrie Hicks verzweifelt auf Drachenesisch.

Der Drache öffnete sein riesiges Maul und wollte etwas sagen. Doch alles, was herauskam, war ein schreckliches, schauerliches Heulen voller Entsetzen und TRAURIGKEIT. Der Schaum tropfte in einem widerlich blasigen Wasserfall von seinen Kiefern. Er versuchte es noch einmal und wieder entstieg seiner Kehle dieser schreckliche Laut, nur noch ohrenbetäubender.

»Was ist?«, fragte Hicks.

Doch das Wesen brachte nichts heraus und wurde wütend, weil es sich nicht verständlich machen konnte. Und dann fing es an, blaue Flammen zu spucken, die Hicks immer näher kamen. »Was *will* er von mir?«, fragte Hicks hilflos.

»Wir sind erledigt.« Norbert rang verzweifelt die Hände.

Kamikazzi schlug dem stöhnenden Norbert tröstend auf den Rücken. »Das kriegen wir schon hin«, wiederholte sie immer wieder, »wir kriegen's doch immer irgendwie hin. Thor allein weiß, wie ... Hicks hat bestimmt eine tolle Idee ...«

»Oh, richtig«, erinnerte Norbert sich. »Natürlich! Die Prophezeiung meines Vaters! *Er* ist der Auserwählte. Er allein kann uns von dem Höllenschlund befreien!«

Doch zum ersten Mal in seinem Leben hatte Hicks KEINE tolle Idee. »Was willst du?«, fragte Hicks noch einmal, diesmal mehr zu sich.

Der Höllenschlund machte einen letzten verzweifelten Versuch, sich mitzuteilen, doch heraus kam nur eine wahrlich schauerliche, entstellte Kakofonie. Dann riss er das Maul weit auf und holte tief Luft.

Hicks wusste nicht, was sie getan hatten, dass der Höllenschlund es so auf sie abgesehen hatte.

Vielleicht war der Drache verrückt geworden und hatte sich in einen Menschenfresser verwandelt? Vor fünfzehn Jahren hatte er jedenfalls Norberts Papa umgebracht. Würde er *sie* jetzt auch töten?

Denn jetzt zielte er genau auf sie und Hicks wappnete sich, dass das Monster ihnen gleich seine Flammen entgegenschleudern und das Boot in Brand setzen würde wie Grillkohle.

Doch aus dem Mund des Drachen schossen keine grausamen Feuerflammen und auch keine Eisflammen, die sie alle drei und Ohnezahn dazu in einem heroischen Feuer direkt nach Walhalla befördert hätten.

Kräuselnd und schlingernd, schnell und wendig wie eine gigantische muskulöse Schlange, schoss die Zunge aus dem Maul des Höllenschlunds.

Einhundert Meter lang, rosa und pulsierend, hielt die Zunge des Höllenschlunds direkt auf Hicks' linke Hand zu und wühlte sich mit ihrer schlängelnden, sich krümmenden, widerlichen, nassen gespaltenen Spitze den Weg in seine Hand und wickelte sich um die Kartoffel.

Beinahe ließ Hicks die Kartoffel auf der Stelle fallen. Doch dann begriff er, was der Drache wollte.

Er ließ den Pfeil fallen und packte die Kartoffel mit beiden Händen. Die Säfte von der Zunge des Höllenschlunds tropften eklig schäumend über seine Hände.

Hicks zo-o-o-o-og.

Der Höllenschlund zo-o-o-o-og.

Es gab nur eine Kartoffel und beide wollten sie haben. Beide brauchten sie. Verzweifelt versuchte Hicks, die

Kartoffel besser zu fassen zu bekommen, aber sie war schleimig und schmierig von der ekligen blasigen Spucke des Höllenschlunds. Er würde die Heldenfahrt bestehen und Fischbeins Leben retten, JETZT, wo sie schon fast zu Hause waren, wo der Schatten von Berk schon so verlockend nah war.

Er lehnte sich nach hinten und zog mit ungeahnter Kraft. Doch auch der Höllenschlund zog und die Chancen, dass Hicks, der gerade mal fünfundzwanzig Kilo wog, ein Tauziehen gegen einen Drachen gewann, der unendlich viel schwerer war, standen in der Tat sehr schlecht.

Nicht un-möglich, aber – sehen wir den Tatsachen ins Auge – höchst un-wahrscheinlich.

Hicks ließ nicht los. Er hätte niemals losgelassen. Wenn es nach ihm gegangen wäre, hätte er den ganzen Tag und die ganze Nacht dort verharrt.

Doch die eine Zungenspitze der Zunge löste Hicks' verzweifelt zupackende Finger einen nach dem anderen, und die andere Zungenspitze wand sich immer fester um die Kartoffel. Mit einem letzten Ruck riss der Höllenschlund Hicks mit seiner Zunge die Kartoffel aus den Händen.

Als Hicks rücklings auf den Boden des Bootes stürzte, sah er mit mehr Verzweiflung, als er je in seinem kurzen, abenteuerlichen Leben empfunden hatte, wie die widerliche Zunge sich mit einem Schnalzen so schnell wie eine Kröte, die Fliegen fängt, in das Maul des Höllenschlunds zurückzog. Mit schrecklicher Endgültigkeit schlossen sich die Kiefer darüber.

Der Höllenschlund schluckte die Kartoffel.

Die Kartoffel war verschwunden.
Die Heldenfahrt war zu Ende.

17. DIE HELDENFAHRT IST ZU ENDE

Tränen rannen Hicks übers Gesicht, als er zuschaute, wie der Höllenschlund den Kopf nach hinten warf und so laut schrie, als wäre er von einem riesigen Speer getroffen worden.

Er stieß ein gewaltiges blaues Eisfeuer aus, das wie ein umgekehrter Wasserfall in den Himmel schoss. Die Flammen stiegen so hoch auf, dass sie eine kleine Wolke trafen, sie augenblicklich einfroren und in ein strahlendes Blau verwandelten. Und dann sank der Höllenschlund einfach so zwischen die Wellen und ließ nichts hinter sich zurück als einen Strudel gigantischer Wirbel, die sich in immer größeren Kreisen ausbreiteten.

Sie breiteten sich bis zu der *Schräger Vogel* aus und schaukelten sie heftig auf und ab. Immer weiter breiteten sie sich aus und leckten am Strand der Tobsuchtsinsel und setzten sich durch die Zornige Meeresenge fort.

Hicks saß auf dem Boden des Boots. Er konnte einfach nicht glauben, dass der Höllenschlund nicht noch einmal aufsteigen und die Kartoffel vielleicht ausspucken oder sie ihm irgendwie zurückgeben würde. Doch schließlich wurden die Wellen kleiner und verebbten und mit ihnen auch Hicks' allerletzte Hoffnung.

Es war *wirklich* vorbei.

Die nächste Kartoffel war jetzt viele Tausend

Seemeilen weit weg in dem riesigen Land im Westen, das jenen, die daran glaubten, als Amerika bekannt war.

»Issssser w-w-w-wech!«, flüsterte Ohnezahn staunend.

Hoch oben auf den Klippen fingen die Tobsüchtigen, die das Drama schweigend mit angesehen hatten, an zu brüllen: »DER HÖLLENSCHLUND IST FORT! DER HÖLLENSCHLUND IST FORT! EIN HOCH AUF DEN KOMISCHEN KLEINEN ROTHAARIGEN JUNGEN! DER HÖLLENSCHLUND IST FORT!«

Und aus der gefrorenen Wolke über Hicks' Kopf fiel still und leise Schnee, so blau wie die Nase von Grobian dem Rülpser.

Der blaue Schnee rieselte auf sie herunter wie Konfetti, legte sich auf Hicks' Haar, auf Einauges weißen Rücken und zwischen Ohnezahns Hörner.

»DU bist der Auserwählte«, sagte Norbert die Hohlnuss, der es immer noch nicht recht fassen konnte. »DU hast uns von dem Höllenschlund befreit. DU hast die Tobsuchtsinsel von dem Fluch befreit?«

Plötzlich war Hicks furchtbar wütend. Nicht auf Norbert, sondern auf die Götter.

Sechs lange Monate hatte er sehnlichst auf den Frühling gewartet, hatte zu Thor gebetet, das Eis möge schmelzen. Und jetzt, just in dem Augenblick, da er und Kamikazzi so viel durchgemacht hatten und beinahe das Unmögliche erreicht hatten, *exakt* im falschen

Augenblick ließ Thor das Eis aufbrechen und befreite den Höllenschlund. Dieser lächerliche blaue Schnee war der Tropfen, der das Fass zum Überlaufen brachte. Was hatte Rotznase gesagt? *Der Schnee wird so blau wie die Nase von Grobian dem Rülpser, bevor du Häuptling des Stammes der Raufbolde wirst.*

Die Götter lachten ihn aus und spielten ihm Streiche. Hicks drohte mit der Faust gen Himmel.

»Ich WILL nicht der Auserwählte sein!«, brüllte er den blauen Himmel an. »Ich will nicht Häuptling des Stammes der Räuberischen Raufbolde sein! Ich WOLLTE Norberts dämlichen Fluch nicht brechen! Ich wollte Fischbein retten. Alles, was ich will, ist meinen FREUND …«

Der dumme blaue Schnee achtete gar nicht auf ihn und rieselte weiter von oben auf sie herab.

Hicks fing an zu weinen.

»Alles, was ich will, ist meinen Freund …«, schluchzte er. »Fischbein vertraut mir. Er denkt, ich würde alles wiedergutmachen …« Plötzlich wandte er sich voller Hoffnung an Norbert.

»Hast du vielleicht NOCH EINE Kartoffel?«, fragte Hicks. Norbert die Hohlnuss schüttelte den Kopf. »Mein Vater hat nur EINE EINZIGE mitgebracht«, sagte er mit zusammengebissenen Zähnen. »Deswegen war sie ja so kostbar …«

Norbert die Hohlnuss schob seine Axt unsicher von einer Hand in die andere. Sein Auge zuckte wie wild.

»Ich weiß nicht, was ich machen soll!«, schrie Norbert die Hohlnuss. »Du hast mir einen Pfeil in den Hintern geschossen, mein amerikanisches Gemüse geklaut, mir den Schnurrbart angeknabbert, Papa an die Kreischer verfüttert und meine Große Halle abgefackelt!«

Seine zitternden Hände bewegten sich wie aus eigenem Antrieb auf Hicks' Hals zu … und dann hielt er gerade noch früh genug inne.

»Aber andererseits sieht es so aus – auch wenn es einem völlig unglaublich vorkommt –, als hättest du die Tobsuchtsinsel tatsächlich von dem Fluch befreit und ich kann die Prophezeiung meines Vaters nicht ignorieren. DIESMAL lasse ich dich laufen. Aber solltest du mir JEMALS wieder über den Weg laufen, ich warne dich, dann töte ich dich auf der Stelle.«

»Mach dir keine Sorgen«, sagte Hicks traurig. »Ich bin auch nicht besonders erpicht darauf, dich wiederzusehen. Das mit der Großen Halle tut mir leid und mit dem

Schnurrbart und dem Hintern und … Das ALLES tut mir leid, ehrlich … Ich wollte doch nur meinem Freund das Leben retten.« Norbert die Hohlnuss zog Hicks' Schwert aus seiner Koppel und warf es fluchend auf den Boden der *Schräger Vogel.* Dann schwang er sich auf den Rücken seines Drachen und eilte zurück zur Tobsuchtsinsel, die zum ersten Mal seit fünfzehn Jahren wieder von Schiffen angelaufen werden konnte. Und all das nur, weil Hicks den Fluch gebrochen hatte. Das war zwar nicht das, was Hicks sich ursprünglich vorgenommen hatte. Doch so war es nun einmal. So etwas passiert einem Helden-in-Ausbildung.

Mit Trauer und Verzweiflung im Herzen machten sich Hicks und Kamikazzi mit ihrem Boot *Schräger Vogel* auf zu der kleinen fernen Insel Berk.

Weil Hicks zu deprimiert war, übernahm Kamikazzi das Steuer.

Es wehte ein frischer Wind und die *Schräger Vogel* flog

geradezu über die Wellen. Sie mussten schwimmenden Eisbergen ausweichen, und wenn Hicks nicht so bedrückt gewesen wäre, hätte er die warme Brise genossen, die ihnen ins Gesicht blies, schließlich hatte er sechs Monate auf diesen Augenblick gewartet.

Denn sechs Monate lang waren sie im Winter gefangen gewesen und den Wikingern, die es gewohnt sind, vom endlosen Schaukeln des Meeres umgeben zu sein, war die gefrorene weiße Reglosigkeit unheimlich, als hätte die Zeit vergessen zu ticken und wäre in ein Winterschlaf-Koma gefallen. Da war nichts, keine Gerüche, keine Geräusche, keine Bewegungen, nur eine weiß gestrichene Welt, die sich ins Unendliche erstreckte, und eine Kälte, bei der Hicks der Helm auf der Stirn brannte, als wäre er aus Feuer.

Hicks hatte sich so danach gesehnt, dass der Winter endete, und jetzt war tatsächlich der Frühling gekommen und hatte den Bann gebrochen. Das Meer war wieder lebendig und der Wind fegte durchs Sumpfgras, trug die Pfiffe und Juchzer auf Drachenesisch mit sich und roch und schmeckte wunderbar salzig.

Und Hicks war in seinem ganzen Leben noch nie so unglücklich gewesen.

»Ich verstehe das nicht«, sagte Kamikazzi, nachdem sie eine Stunde schweigend gesegelt waren. *»Warum* hat der Höllenschlund das Gemüse-dessen-Namen-niemand-zu-nennen-wagt gefressen? *Warum* hat er plötzlich die Zornige Meeresenge verlassen, nachdem er fünfzehn Jahre dort herumgelungert hat? Was ist da passiert?«

Hicks seufzte und hob einen Augenblick den Kopf von der Brust. »Also«, meinte er, »ich WEISS es natürlich nicht, wie könnte ich auch. Aber ich vermute, DASS DER HÖLLENSCHLUND SELBST STACHELDRACHITIS HATTE.« Kamikazzi starrte ihn mit offenem Mund an.

»Er hatte alle Symptome«, fuhr Hicks fort. »Verrücktes Benehmen. Blutunterlaufene Augen. Schaum vor dem Mund. Sehr hohes Fieber. Höllenschlunde können viele Tausend Jahre alt werden, da sind fünfzehn Jahre wie zwei Sekunden. Es würde erklären, warum er so verzweifelt war und warum er so krank aussah. Sobald er die Kartoffel gefressen hatte, war er augenblicklich geheilt, also musste er nicht mehr dableiben. Das war's, Fluch zu Ende.«

»Und wer behauptet, das Leben deines Freundes wäre mehr wert als das eines Drachen?«, sagte Einauge, der sich im Boot ganz schön breitgemacht hatte.

»Für mich ist es das«, sagte Hicks. »Den Höllenschlund habe ich schließlich nicht persönlich gekannt.«

Die Temperatur war sehr angenehm und zum ersten Mal seit sechs Monaten schwitzte Hicks in seinem Pelzmantel. Er zog ihn aus und Ohnezahn landete auf seiner Schulter und versuchte, den Kopf unter seinen Flügel zu schieben.

»Es ist ein bisschen spät, jetzt noch mal in Winterschlaf zu gehen«, sagte Hicks und kratzte den kleinen Drachen zärtlich hinter den Hörnern. »Es wird schon wieder Frühling.«

Ohnezahn brummte verstimmt.

Hicks blinzelte in die Sonne. Jetzt, da sie heraus war, konnte er die Zeit ziemlich genau anhand der Position der Sonne am Himmel bestimmen. Sie hatten mindestens noch zwei Stunden bis zehn Uhr am Vormittag, schätzte er. Auch wenn es *jetzt* natürlich keine Rolle mehr spielte, wann sie nach Hause zurückkehrten.

Hicks' Herz pochte schnell vor Angst und Traurigkeit und plötzlich merkte er, dass er es tatsächlich schlagen *hörte*.

Tick, tack, tick, tack, tick, tack, machte sein Herz.

Seltsam, dachte Hicks.

Und dann erinnerte er sich an das witzige runde Metallding, dass Kamikazzi in dem Kästchen neben der Kartoffel gefunden hatte. Er griff in seine Brusttasche und holte es heraus.

TICK, TACK, TICK, TACK, TICK, TACK, machte das Ding.

Es war ein wunderschön gefertigtes, seltsames kleines Ding, etwas kleiner als die Kartoffel. Die Vorderseite war durchsichtig und hart wie Eis, und dahinter waren etliche Runen in verschiedenen Kreisen und mindestens sieben verschiedene Pfeile in unterschiedlichen Farben. Als Hicks eine Weile daraufstarrte, merkte er, dass einige sich tatsächlich bewegten, sehr langsam, aber ganz von selbst.

Er öffnete die Rückseite, um zu sehen, ob darin ein winziger Nanodrache saß, der das tickende Geräusch machte, doch er fand nichts als viele winzige, zierliche Metallrädchen, die sich alle bewegten. Vielleicht waren

auch sie im Eis gefroren gewesen und waren jetzt, da es wärmer geworden war, wieder aufgewacht …

»WOW!«, flüsterte Kamikazzi, die ihm über die Schulter schaute. »Was meinst du, was ist das?«

»Keine Ahnung«, sagte Hicks und steckte es zurück in seine Tasche, wo das Ticken gedämpft wurde. Darüber würde er später nachdenken. »Irgendeine Erfindung von den Tobsüchtigen, nehme ich an. Diese Tobsüchtigen sind ja ziemlich durchgeknallt, aber gute Erfinder sind sie.«

Bitte, Thor, bitte, dachte Hicks bei sich, *bitte lass doch noch irgendwie alles gut werden …*

Es fing an zu regnen und der Regen schmolz den blauen Schnee, der jetzt wie Tränen von den Hörnern auf Hicks' Helm tropfte und auf Deck blaue Pfützen bildete. Der amerikanische Pfeil lag am Rand einer solchen Pfütze und Hicks hob ihn auf und steckte ihn behutsam in seinen Köcher.

Innerhalb von fünf Minuten war der ganze Schnee verschwunden und Kamikazzi, Hicks, Ohnezahn und Einauge sahen aus, als wären sie in einen seltsamen Unfall mit viel blauer Farbe verwickelt gewesen. Ihr Haar, ihre Mäntel, Helme und Hörner waren von blauen Streifen überzogen, blauer als das blaueste Himmelblau.

Tick, tack, tick, tack, tick, tack, machte das metallene Dings in Hicks' Tasche.

Tick, tack, tick, tack, tick, tack, machte Hicks' Herz, das trotz allem noch hoffte.

Durch den Regen sahen sie auf der Tobsuchtsinsel aus der Großen Halle helle Flammen und eine Rauchsäule aufsteigen.

Norberts Papa bekam endlich sein anständiges Wikingerbegräbnis.

18. FISCHBEIN

Haudrauf wartete im strömenden Regen am Langen Strand.

Haudrauf war SAUER.

Er hatte eben erfahren, dass Hicks die Nacht nicht bei Rotznase zu Hause verbracht hatte. Rotznase hatte ihm erzählt, dass er gesehen hatte, wie sich Hicks und Kamikazzi mit einem Schlitten von den Freyatag-Feierlichkeiten davongeschlichen hatten und in Richtung des großen Eismeeres gefahren waren.

Auf Haudraufs Frage, warum Rotznase ihm das nicht eher erzählt hatte, mochte Rotznase nicht antworten.

Er konnte kaum den *wahren Grund* nennen, nämlich dass er gehofft hatte, Hicks würde etwas DUMMES und GEFÄHRLICHES tun, und dass er, Rotznase, nicht gewollt hatte, dass Haudrauf Hicks hinterherfuhr und ihn in letzter Minute rettete.

Doch Haudrauf der Stoische sah den *wahren Grund* in Rotznases Augen und in dem Entzücken, mit dem Rotznase das geschmolzene Eis im Hafen betrachtete. Rotznase *freute* sich darüber, dass Hicks womöglich irgendwo da draußen in diesem grauen, grimmigen Meer ertrunken war.

Da ging Haudrauf auf, dass Rotznase als Freund für seinen Sohn vielleicht doch nicht die beste Wahl war.

Ich befürchte, Haudrauf der Stoische verpasste Rotznase eine ganz altmodische Tracht Prügel.

Es war schließlich das finstere Mittelalter.

Haudrauf lief zum Langen Strand, um zu sehen, was los war, und zu seiner GROSSEN Erleichterung war das Erste, was er erblickte, als er zwischen den Eisbergen übers Meer schaute, der ramponierte runde Umriss des witzigen kleinen Boots seines Sohnes, der *Schräger Vogel.*

»WAS IN THORS NAMEN HAST DU GEMACHT?«, brüllte Haudrauf und stürmte auf sie zu, sobald der Bug der *Schräger Vogel* auf dem Sand knirschte. Hicks, der irgendwie blau gefärbt aussah, kletterte aus dem Boot und blickte seinem zornigen Vater direkt in die Augen.

»Ich war auf der Tobsuchtsinsel und habe versucht, eine Kartoffel zu holen, um Fischbein das Leben zu retten«, sagte Hicks.

Haudrauf explodierte.

»DAS HABE ICH DIR AUSDRÜCKLICH VERBOTEN!«, brüllte Haudrauf der Stoische. »WIE KANNST DU ES WAGEN, DICH MIR, DEINEM HÄUPTLING, ZU WIDERSETZEN UND DEIN LEBEN ZU RISKIEREN AUF DER SUCHE NACH EINEM GEMÜSE, DAS ES NICHT GIBT, MIT EINER SINNLOSEN AKTION, DIE ZU NICHTS UND WIEDER NICHTS FÜHRT …« Tränen liefen über Hicks' Gesicht. »Die Kartoffel gibt es WIRKLICH«, unterbrach er seinen Vater. »Es gibt sie WIRKLICH, denn wir haben sie gestohlen.

Norbert die Hohlnuss hat uns beinahe einen Kopf kürzer gemacht, aber du hast recht, es war alles UMSONST, denn der Höllenschlund hat sie gefressen, und jetzt wird Fischbein STERBEN.« Angesichts der abgrundtiefen Verzweiflung in den Augen seines Sohnes konnte Haudrauf der Stoische nicht länger zornig sein. Sein Zorn schmolz dahin wie der Schnee, der sich überall am Strand im Regen auflöste. Haudrauf der Stoische klopfte seinem Sohn unbeholfen die Schulter.

»Na, na, Sohn«, sagte er unsicher. »*Natürlich* wird Fischbein nicht sterben …«

Hicks schob seinen Vater aus dem Weg und stolperte durch den Sand zu Alt Faltls Haus, gefolgt von Haudrauf dem Stoischen, Kamikazzi, Ohnezahn und Einauge. Ohne anzuklopfen, warf er die Tür auf.

Alt Faltl stand mitten im Raum und schürte mit einem Eisenstab das Feuer.

Im ersten Augenblick konnte Hicks Fischbein nicht sehen, doch dann bemerkte er, dass Fischbein im Bett lag, vollkommen reglos, ohne seine Brille, weiß wie eine Leiche. Hicks' Herz blieb stehen.

Und dann richtete Fischbein sich zu Hicks' großer Erleichterung auf und setzte sich die Brille auf die Nase.

Er lebte also doch noch.

Haudrauf der Stoische, Kamikazzi, Ohnezahn und Einauge der Säbelzahnzugdrache drängten hinter Hicks herein.

»UND?«, dröhnte Haudrauf der Stoische. »STIRBT FISCHWEIN JETZT ODER NICHT?«

Alt Faltl blickte sehr verlegen drein und verlagerte das Gewicht von einem Bein aufs andere. »Ah, Haudrauf. Ich bin froh, dass du darauf zu sprechen kommst … Ja, die Sache ist die, ich bin mir nicht ganz sicher, ob Fischbein stirbt …«

»WASSOLLDASHEISSEN, ER STIRBT NICHT?«, brüllte Haudrauf der Stoische.

»Ich fürchte, meine Diagnose war nicht ganz zutreffend.« Alt Faltl kicherte nervös. »Rußlesen im Kamin ist sehr kompliziert … Ich will nicht in die Einzelheiten gehen, aber … lasst euch gesagt sein, es ist *knifflig* … und wie das so ist, es hat sich herausgestellt, dass Fischbein doch keine Stacheldrachitis hatte. Es war nur eine böse Erkältung, die seinen inneren Berserker hervorgelockt hat. Ich habe ihn mit viel Bettruhe und Zitrone mit Honig wieder gesund gepflegt.«

Fischbein stand ein wenig wacklig auf und schenkte Haudrauf dem Stoischen ein breites Lächeln.

»Mir geht's *gut!«*, sagte Fischbein glücklich und warf die Arme weit auseinander.

Hicks konnte es nicht glauben.

Es würde doch noch alles gut werden.

»ER LEBT!«, rief Hicks glücklich, außer sich vor Freude über dieses unkomplizierte Happy End. Er eilte zu seinem Freund, um ihn zu umarmen.

Ohnezahn leckte Fischbein am Ohr, was ein großes Kompliment war. Einauge sagte gedehnt: »Schön, schön, das war die ganze Sache doch wert, oder?« Und Kamikazzi schlug zur Feier des Tages zwei Räder.

Doch Haudrauf ließ sich das nicht so einfach bieten.

»WILLST DU MIR ERZÄHLEN«, brüllte Haudrauf der Stoische Alt Faltl an, »DASS MEIN SOHN HICKS BLOSS WEGEN DEINEM LAUSIGEN RUSSLESEN DEN WEITEN WEG BIS ZUR TOBSUCHTSINSEL GEMACHT HAT UND BEINAHE VON NORBERT DER HOHLNUSS DEN KOPF ABGEHAUEN BEKAM UND SICH DEM HÖLLENSCHLUND GESTELLT HAT, UND DAS ALLES UMSONST??????«

»Nun, nicht *umsonst,* Haudrauf«, erklärt Alt Faltl. »Wenn du mir einen Augenblick zuhörst, will ich es erklären. Rußlesen ist eine ziemlich knifflige Sache, und als ich ins Feuer geschaut habe …«

»Hatte Fischbein jetzt Stacheldrachitis oder *nicht?«,* unterbrach Haudrauf ihn.

»Nein, hatte er nicht«, räumte Alt Faltl ein.

»Dann war die ganze Heldenfahrt völlig überflüssig!«, brüllte Haudrauf.

»Mach Alt Faltl nicht so die Hölle heiß, Vater«, sagte Hicks. »Warum die Zeit mit Zornausbrüchen vergeuden, Ende gut, alles gut …«

Hicks fing an zu lachen, doch mitten im Lachen ging was schief, denn da wurde Hicks' Arm plötzlich taub.

»Ich spüre meinen Arm nicht mehr«, sagte Hicks.

Und dann wurde der andere Arm taub. Ihm war den ganzen Tag ziemlich warm gewesen, doch plötzlich hatte er das Gefühl, bei lebendigem Leib zu brennen. Schweiß lief ihm übers Gesicht und von seinen Schultern und seiner Brust stiegen große Dampfwolken auf.

Und Hicks der Hartnäckige vom Hauenstein der Dritte wurde starr wie eine Statue, die Augen stier und blutunterlaufen. Er fiel leblos auf das Bett, auf dem vor zwei Minuten noch Fischbein gelegen hatte.

19. DAS LETZTE KAPITEL

Manchmal erkennt man erst im letzten Kapitel, worum es bei einer Heldenfahrt die ganze Zeit WIRKLICH ging. Haudraufs Miene verwandelte sich von rotem Zorn zu reinweißem Entsetzen.

»Der Höllenschlund …«, flüsterte Haudrauf der Stoische in Seelenqualen und lief zu seinem steifen Sohn, um ihn in die Arme zu nehmen. »Bei Wotan und Freya und Thors haarigen Knöcheln, er ist von den Eisflammen des Höllenschlunds berührt worden … und alles nur wegen einer dummen, sinnlosen Suche nach NICHTS …«

Der riesige, behaarte Haudrauf der Stoische brach in Tränen aus.

»Oh, um Thors willen, Haudrauf«, rief Alt Faltl und schob Haudrauf unwirsch zur Seite. »Hältst du jetzt mal den Mund und hörst mir zu? So schlecht bin ich nämlich gar nicht beim Rußlesen. Das hier hat nichts mit dem Höllenschlund zu tun.« Er kontrollierte Hicks' Puls, schaute ihm unter die Augenlider und klopfte seine Brust ab, die so hölzern war wie ein Baumstamm. »Das ist Stacheldrachitis.«

Haudrauf taumelte herum. »Und was bedeutet das?«, flüsterte er mit blutleeren Lippen.

»Es bedeutet«, sagte Alt Faltl, »dass beim Rußlesen im Feuer ein kleiner Bursche aussieht wie der andere, und es war Hicks, der von dem Stacheldrachen gebissen wurde, und nicht Fischbein. Also hat Hicks Stacheldrachitis. Und da es jetzt …«

(An diesem Punkt griff Alt Faltl in der Hoffnung, die Kartoffel herauszuholen, in Hicks' Brusttasche. Doch was er herauszog, war nur das tickende metallene Dingsbums. Er betrachtete die Runen darauf und nickte.)

»… oooh, *genau* fünf vor zehn am Morgen des Freyatag-Freitag ist, bedeutet das …«, fuhr Alt Faltl fort und legte das metallene Dings behutsam auf das Bett neben Hicks, »… dass dein Sohn Hicks, der Stacheldrachitis hat, noch fünf Minuten zu leben hat.«

Alt Faltl kicherte. Die Tatsache schien ihm keine großen Sorgen zu bereiten.

»Womit wir nicht mehr viel Zeit haben, das Gegenmittel zu finden. Aber zum Glück«, sagte Alt Faltl, ganz der überlegene Magier, »zum Glück hat dein Sohn auf seiner sogenannten dummen sinnlosen Suche nach NICHTS das Gegenmittel gefunden und BEREITS mitgebracht. Kamikazzi, wo ist die Kartoffel? In Hicks' Brusttasche ist sie nicht … Hast du sie?«

Kamikazzi war käseweiß. Benommen schüttelte sie den Kopf. »Keine … Kartoffel«, keuchte sie. Alt Faltl klappte entsetzt der Mund auf.

»KEINE KARTOFFEL?«, schrie Alt Faltl. »WAS SOLL DAS HEISSEN, *KEINE KARTOFFEL?* IHR MÜSST DIE KARTOFFEL HABEN!!!«

Kamikazzi schüttelte noch einmal den Kopf. »Keine Kartoffel«, flüsterte sie.

»Aber ich war mir so *sicher«*, flüsterte Alt Faltl. »Ich war mir so sicher, ihr würdet die Kartoffel mitbringen ... Das war das letzte Mal, dass ich den verdammten Ruß-Prophezeiungen geglaubt habe ... sie haben mir EINDEUTIG gesagt, dass ihr sie findet ...«

»Oh, gefunden haben wir sie ja auch«, murmelte Kamikazzi unglücklich. »Aber dann hat der Höllenschlund sie gefressen.«

»Ach, du meine Güte.« Alt Faltl schluckte.

KEINE KARTOFFEL.

Plötzlich sah Alt Faltl sehr alt aus, jede Sekunde seiner dreiundneunzig Jahre sah man ihm an. Sein ganzer Körper schrumpfte zusammen wie ein welkes braunes Blatt.

Als Hicks auf dem Boot um seinen Freund Fischbein geweint hatte, hatte er nicht gewusst, dass er um sich selbst hätte weinen sollen.

Denn es war tatsächlich HICKS, der vor vielen Monaten auf der Flucht aus dem Fort Finstericum gestochen worden war.

Und es war Hicks, der kurz vor dem Tod stand, den er für seinen Freund Fischbein gefürchtet hatte.

»WAS SOLL ICH MACHEN?«, schrie Haudrauf der Stoische. »Es muss doch andere Heilmittel geben? Andere Arzneien?«

Alt Faltl schüttelte den Kopf. »Die Kartoffel ist das einzige Mittel gegen Stacheldrachitis.«

»ICH HOLE DIE KARTOFFEL!«, brüllte Haudrauf der Stoische und zog sein Schwert, bis zum letzten Augenblick ein Mann der Tat. »SAGT MIR NUR, WOHIN ICH MUSS UND WIE LANG ICH NOCH HABE!«

»Nun«, sagte Alt Faltl traurig, »die nächste Kartoffel befindet sich gut dreieinhalbtausend Seemeilen von hier an den fernen Küsten des Landes, das denen, die daran glauben, als Amerika bekannt ist. Und du hast …« Alt Faltl schaute auf die Uhr, die neben Hicks auf dem Bett lag, »… genau DREI Minuten, um sie zu finden.«

Selbst Haudrauf hatte das Gefühl, dass das ein Problem sein könnte.

Er stapfte im Zimmer herum und zupfte an seinen Barthaaren.

Alt Faltl, Kamikazzi und Einauge saßen an Hicks' Bett. Einauge wirkte nicht so froh, wie er es zwei Tage zuvor bei dem Gedanken, es gäbe auf der Welt ein Menschenwesen weniger, gewesen wäre.

Eine dicke Träne rollte aus seinem Auge über seinen Säbelzahn und tropfte zu Boden.

Hicks war steif wie ein Brett und sein ganzer Körper war jetzt rot und kochend heiß. Ohnezahn leckte sein armes rotes Gesicht, um es zu kühlen.

»DER HÖLLENSCHLUND!«, brüllte Haudrauf der Stoische. »ICH KÖNNTE DEN HÖLLENSCHLUND AUFSPÜREN UND IHM DIE KARTOFFEL ENTREISSEN!«

»Du willst in den riesigen und weglosen Wüsteneien des gewaltigen und unergründlichen Meeres den Höllenschlund finden?«, fragte Alt Faltl müde und schaute noch einmal auf die Uhr. »In zwei Minuten? Sieh den Tatsachen ins Auge, Haudrauf«, flüsterte Alt Faltl. »Was du da vorhast, ist nicht nur un-WAHRSCHEINLICH ... es ist un-MÖGLICH ...«

Fischbein hatte sich in eine dunkle Ecke zurückgezogen und beobachtete das Gesicht seines Freundes.

Hicks versuchte, etwas zu sagen, doch sein Mund war so erstarrt und steif, dass er es nicht herausbrachte.

Er sah fast genauso aus wie der Höllenschlund, als der im Trüben Meer versucht hatte, mit Hicks zu sprechen.

»IIIIESS mich ...«, murmelte Hicks verzweifelt. »Iiiiieß mich!« Er versuchte, auf etwas zu zeigen, doch seine Arme waren so steif wie Knüppel.

Alt Faltl tätschelte ihm die Hand und kühlte ihm die Stirn mit Wasser. Die Schultern von Haudrauf dem Stoischen bebten vor Schluchzern.

»IIIIIESS MICH!«, rief der arme Hicks noch einmal. Fischbein versuchte zu ergründen, wohin sein Freund blickte, und es schien ihm, er starrte auf den Tisch an der Tür.

Auf dem Tisch lagen Hicks' Pelzmantel und sein Helm,

sein Bogen und die Pfeile. Er hatte alles dort abgeworfen, als er den Raum betreten hatte.

»Noch eine Minute«, flüsterte Alt Faltl.

»IIIIIIIIESS MICH!«, wiederholte Hicks verzweifelt. Manchmal weiß nur ein wahrer Freund, was wir meinen, wenn wir versuchen, etwas zu sagen.

Jemand, der viel Zeit mit uns verbracht hat und aufmerksam dem zuhört, was wir versuchen zu sagen. Jemand, der versucht zu verstehen.

Fischbein verstand.

Er wusste nicht, *warum* er tun sollte, was er gleich tun würde, doch er vertraute Hicks, denn Hicks schien immer zu wissen, was richtig war.

Fischbein nahm Hicks' Bogen.

Aus dem Köcher zog er einen Pfeil, einen einmalig schönen Pfeil, geschmückt mit Federn von Vögeln, die Fischbein noch nie gesehen hatte.

Fischbein nockte einen Pfeil ein und zielte mit der Pfeilspitze auf Hicks.

Haudrauf unterbrach verblüfft sein Schluchzen. Dort lag sein Sohn im Sterben und sein komischer fischgesichtiger Freund wollte ihn auch noch ERSCHIESSEN. TYPISCH. »Was für ein Irrer!«, schrie Haudrauf der Stoische. »SCHIESS NICHT!« Haudrauf warf sich mit seiner ganzen massigen Gestalt durchs Zimmer, um seinen Sohn vor dem Pfeil zu schützen. Natürlich versuchte er, Hicks' Herz und Hicks' Brust zu schützen. Er wusste nicht, was für ein miserabler Schütze Fischbein war, und sprang viel zu hoch.

Fischbein ließ den Pfeil los und dieser flog in einem zittrigen, ungleichmäßigen Bogen und landete schließlich in Hicks' rechtem großem Zeh, durchdrang seinen nassen Stiefel und blieb in der Haut stecken.

Es war ein kleines Wunder, dass Fischbein Hicks überhaupt traf. Womöglich war es das erste Mal, dass er je etwas getroffen hatte, auf das er tatsächlich *gezielt* hatte.

Der Pfeil, der um zehn Uhr am Morgen des Freyatag-Freitags die Haut von Hicks' großem Zeh durchstach, war just der Pfeil, der sich die letzten fünfzehn Jahre mit den magischen Säften der Kartoffel vollgesogen hatte.

In den vergangenen anderthalb Jahrzehnten hatten sich diese Säfte an der Oberfläche des Metalls

konzentriert, und jetzt sickerte das Gegenmittel in Hicks' Blutkreislauf, nahm bis in die letzte winzige Vene und in sämtlichen kleinen Arterien seine Arbeit auf, drang in alle Ecken von Hicks' armem steifem, kochend heißem kleinem Körper. Hicks' steife Arme entspannten sich vor ihren Augen. Seine Brust hob und senkte sich. Er stieß den Atem durch die Nasenlöcher und schlug die Augen auf.

»Hallo, Vater«, sagte Hicks.

Das war einfach zu viel für Haudrauf. Er fiel wie ein Klotz in Ohnmacht, schlug mit seiner ganzen Größe von zwei Metern Länge und einem Meter Umfang zu Boden. Es erforderte etwas mehr Mühe, IHN wiederzubeleben.

Alt Faltl schlug ihm ins Gesicht, Hicks schüttelte ihn, und Kamikazzi kitzelte ihn an den Füßen. Am Ende lief Fischbein nach draußen und füllte einen riesigen Eimer mit Schnee und schüttete ihn Haudrauf ins Gesicht. Das brachte ihn wieder zu sich, und Haudrauf setzte sich kerzengerade auf und prustete und spuckte Schnee aus seinem Bart.

»Du LEBST!«, brüllte er froh und umarmte seinen Sohn so kräftig, dass Hicks glaubte, er würde ihm die Rippen brechen. »Beim Stoppelbart und bei den donnernden Schenkeln der Großen Göttin Freya, du LEBST!«

»Ja, er lebt«, sagte Alt Faltl spitz, »und ich finde, hier sind ein paar Entschuldigungen fällig.«

Haudrauf runzelte die Stirn. So erleichtert und froh er

auch war, ein großer Häuptling, der an absolute Macht gewöhnt ist, entschuldigt sich nicht gern. Doch nach einem kurzen inneren Kampf schluckte Haudrauf seinen Stolz herunter.

»Du hast recht«, sagte Haudrauf. »Ich habe völlig falsch gelegen und es tut mir leid. Alt Faltl, du bist nicht der jämmerlichste Rußleser der unzivilisierten Welt und es tut mir sehr leid, dass ich das je behauptet habe. Hicks, du hast recht daran getan, dich auf die Suche nach der gefrorenen Kartoffel zu machen, um das Leben deines seltsamen kleinen Freunds zu retten.«

Haudrauf wandte sich an Fischbein.

»Und vor allem dich, FISCHEI«, donnerte er ernst, »DICH habe ich falsch beurteilt.«

Fischbein wurde rot. »Nicht doch, nicht doch«, stammelte er.

»Doch«, sagte Haudrauf und hielt eine behaarte Hand hoch. »Das habe ich. Ein Häuptling muss so viel Größe besitzen, dass er es eingestehen kann, wenn er sich geirrt hat. Du bist ein kleiner Spinner das stimmt wohl, aber du bist ein TREUER kleiner Spinner, und ich habe das Gefühl, wenn mein Sohn eines Tages Häuptling ist, wird er einige treue Seelen um sich herum brauchen.«

Inzwischen flatterte Ohnezahn, der dieses ganze rührselige Umarmen und Entschuldigen unerträglich fand, davon, um sich ein hübsches warmes Plätzchen am Feuer zu suchen.

»Hicks«, rief Ohnezahn schläfrig, als er eine besonders gemütliche Lage gefunden hatte, »wi-wi-wird inni nächsten fünf Minuten no-no-noch eina sterm?«

Hicks lachte und fragte Alt Faltl.

»Nein«, sagte Alt Faltl ernst. »Ich habe das Feuer sehr sorgfältig untersucht und ich kann mit ABSOLUTER Sicherheit sagen, dass in den nächsten fünf Minuten NIEMAND sterben wird. Ich fürchte jedoch, dass Grobian der Rülpser sich bei Fischbein angesteckt hat und eine böse Erkältung bekommen wird, eine sehr böse.«

»Gut«, gähnte Ohnezahn. »Wenn O-O-Ohnezahn nich braucht wird, dann schläft Ohnezahn jetzt noch 'n bissi.«

So geschah es, dass just als die Inneren Inseln aus dem kältesten, längsten Winter seit hundert Jahren erwachten, als der Schnee schmolz, als alle anderen Jagddrachen unter der Erde die Augen aufschlugen und sich daranmachten, sich auszubuddeln, und als der Frühling endlich fand, es sei Zeit zu kommen, dass der kleine Ohnezahn sich just in *diesem* Augenblick ENDLICH entspannte und wieder in Winterschlaf ging.

Einauge legte sich neben ihn und schnarchte wie ein Dinosaurier mit verstopften Nebenhöhlen.

Alt Faltl erklärte Haudrauf einige der Feinheiten des Rußlesens.

Und Hicks und seine guten Freunde Fischbein und Kamikazzi spazierten nach draußen, um für den Rest des

Tages gar nicht viel zu tun – so verbringe ich den Tag am liebsten.

Was Grobian den Rülpser anging, nun, Grobian der Rülpser wachte mit pochendem Schädel und wundem Hals auf und mit einer Nase, die lief wie ein gewaltiger grüner Fluss.

Es scheint fast, als würden Wikinger DOCH Erkältung bekommen …

Wikinger werden nicht krank ...
Grippe *ist* was für Weichlinge ...
Seuchen *sind* was für Mädchen ...

EPILOG von Hicks dem Hartnäckigen vom Hauenstein III., dem letzten der großen Wikingerhelden

Ich konnte nur vermuten, aber nicht mit Sicherheit wissen, was in diesem seltsamen eisigen Augenblick in meiner Kindheit passiert war, als der Höllenschlund meine Kartoffel stahl.

Doch viele Jahre später, als ich ein groß gewachsener junger Mann war und das Kommando über mein erstes Schiff innehatte und wir gerade von einem wilden und gefährlichen Abenteuer nach Hause zurückkehrten, merkten wir plötzlich, dass wir von etwas verfolgt wurden.

Es folgte uns Tag für Tag, hielt immer denselben Abstand zum Schiff. Stundenlang hockte ich oben im Mast und beobachtete die schwarze Nadelspitze am Horizont und versuchte dahinterzukommen, was es war: Wal oder Hai oder Drachenmonster, Freund oder Feind. Dabei hatte ich das nagende Gefühl, dass ich es irgendwie von früher kannte. Erst als wir das Trübe Meer erreichten, kam das Geschöpf näher. Beim Anblick seiner schimmernden schwarzen Haut wusste ich sofort, dass es ein Höllenschlund war. Er griff uns nicht an, wie ich insgeheim befürchtet hatte, sondern fing an, mit dem Schiff zu spielen, schwamm längsseits, tauchte darunter durch und kam an der anderen Seite wieder hoch. Und er kam mit jeder Umkreisung ein wenig näher.

Bei Delfinen ist ein solches Verhalten weit verbreitet, sie sind fasziniert von Schiffen und spielen stundenlang mit ihnen. Doch für einen Höllenschlund ist es sehr ungewöhnlich. Normalerweise haben Höllenschlunde gegenüber Menschen dieselbe Haltung wie wir gegenüber Insekten: Sie ignorieren uns hochmütig.

Doch dieser Höllenschlund war anders. Obwohl er eindeutig ein ausgewachsenes Tier war und mindestens fünfmal so lang wie unser Schiff, spielte er mit uns wie ein Kind. Das gewaltige Geschöpf schwamm immer wieder um unser Schiff herum, bis es schließlich mit dem Schwanz aufs Wasser schlug und aus dem Wasser sprang und seine Flügel ausbreitete. Es sprang über das Schiff, hoch über den Mast.

Meine Krieger keuchten auf vor Ehrfurcht und Angst, Verwunderung und Staunen, als das große, lange Tier die Sonne verdeckte. Auch ich keuchte auf, denn endlich erkannte ich ihn. Es war *mein* Höllenschlund, nicht erlegt, nicht tot, nicht verschwunden, sondern bei voller Gesundheit und er schien sehr zufrieden mit sich – und mit mir. Denn als er auf der anderen Seite wieder ins Wasser tauchte, zog der riesige Höllenschlund die Beine an und traf exakt im richtigen Winkel auf dem Wasser auf, sodass er keine einzige Welle schlug, die unser kleines Schiff ins Schaukeln gebracht hätte. Und als das

Geschöpf längsseits schwamm, so nah, dass wir die Hand ausstrecken und seine glänzenden rabenschwarzen Flanken berühren konnten, rollte es sich auf den Rücken und bewegte die Flügel fast so, als wollte es winken. Und mit seinem schrecklichen Maul grinste es mich an.

Seither ist dieser Höllenschlund meinem Schiff gefolgt, nicht wie ein Verhängnis oder ein Fluch, sondern eher wie ein Schutzengel.

Ich weiß nicht mehr, wie oft ich auf See in schreckliche Gefahr geraten bin (denn wir Wikinger führen ein gefährliches und aufregendes Leben), und just in dem Augenblick, da alle Hoffnung verloren war, tauchte der Höllenschlund auf.

Dieser Höllenschlund hat mein Schiff durch den Gewaltigen Sturm geleitet, in dem im Ruhelosen Westmeer Tausende von Schiffen untergegangen sind. Er hat mich auf der Kannibaleninsel vor dem Schiffbruch gerettet, er hat gegen gewaltige Monster gekämpft, die mein Schiff mit ihren Tentakeln wie in einem Fadenspiel gefangen hielten.

Er hat mir den Gefallen, den ich ihm einst getan habe, indem ich ihm in einer eisig kalten Welt das Leben gerettet habe, mehr als hundertfach vergolten.

Er folgt mir immer noch, obwohl ich jetzt, da ich alt und langsam bin wie eine betagte Seeschildkröte und mein Haar so weiß ist wie ein Wintersprossiger Schneespecht, nicht mehr so oft gerettet werden muss.

Man kann den Fluch eines Drachen überlisten.

Man muss die Karten nicht akzeptieren, die das Schicksal einem ausgeteilt hat.

Sieh *mich* an, den magersten, unwahrscheinlichsten Wikinger, der je auf Erden gelebt hat. Und doch werde ich jetzt auf der ganzen Welt als großer Held besungen. Ich habe immer wieder denselben Traum. Norbert die Hohlnuss hat die Axt hoch in die Luft geworfen, sie wirbelt herum und das schwarze Blatt wird zuerst in den Boden schlagen … Unglück wird folgen und das Volk wird VERDAMMT SEIN. Immer wieder mache ich denselben Sprung, ich weiche dem polierten und dem schwarzen mörderischen Blatt aus und fange die Axt, bevor sie aufschlägt. Ich bestimme mein Schicksal selbst.

Wenn all das nicht passiert wäre, wäre die Kartoffel immer noch auf der Tobsuchtsinsel gefroren und niemandem von Nutzen. Stattdessen habe ich den Pfeil, der mir das Leben gerettet hat, in der schlammigen Erde hinter meinem Haus verbuddelt – und Wunder, oh Wunder! Ein einzelner Samen hat wohl an dem Metall geklebt!

Denn einige Zeit später, irgendwann im Frühling, fiel mir auf, dass an dieser speziellen Stelle eine seltsame grüne Pflanze stand, und ich grub den Pfeil wieder aus. Eine neue Kartoffel, größer als die, die ich verloren hatte, war um die Spitze des Pfeils gewachsen. Von dieser neuen Kartoffel baute ich weitere Kartoffeln an und jetzt wachsen überall auf Berk und auf dem ganzen Barbarenarchipel Kartoffeln und KEIN EINZIGER MENSCH und kein Drache ist seither den schrecklichen Tod durch Stacheldrachitis gestorben.

(Die Kartoffeln sind auch ziemlich lecker, wenn sie gekocht sind, entweder zu Brei zermanscht oder nur so mit ein wenig geschmolzener Butter.)

Aber viel wichtiger ist: Wenn ich mich nicht auf die Suche nach der gefrorenen Kartoffel gemacht hätte, hätte ich meinem guten Freund Fischbein niemals das Leben gerettet, der, obwohl *einige* ihn für einen kleinen Spinner halten, der beste und treueste Freund ist, den ein Wikinger je …

MOMENT MAL.

Du siehst, wie verwirrend das alles ist.

Denn am Ende habe ich meinem guten Freund Fischbein gar nicht das Leben gerettet, oder? Denn Fischbein war gar nicht krank.

Ich habe mich selbst gerettet.

WAS GESCHIEHT ALS NÄCHSTES?

Wird Norbert die Hohlnuss auf Heldenfahrt gehen und noch einmal nach Amerika segeln? Und existiert dieses Land namens Amerika überhaupt und ist die Welt wirklich ein Kreis, der kein Ende hat?

Und was ist aus Alwin dem Verräter geworden, Hicks' Erzfeind, von dem wir gehofft hatten, er hätte den Tod gefunden, als er aus einem Heißluftballon in ein Meer fiel, in dem es von gefräßigen Haiwürmern nur so wimmelte? Ich wüsste nicht, wie er aus dieser kniffligen Lage herausgekommen sein könnte ...

Aber ich habe ein ungutes Gefühl in der Magengrube, dass Hicks diesen beiden verrückten, bösen und gefährlichen Schurken nicht zum letzten Mal begegnet ist. Und beide haben geschworen, ihn zu töten ...

Halte Ausschau nach dem nächsten Band von Hicks' Memoiren!

Drachenzähmen leicht gemacht. Brandgefährliche Feuerspeier

Cressida Cowell

Drachenzähmen leicht gemacht

Drachenzähmen leicht gemacht (1)
978-3-401-60230-1

Wilde Piraten voraus! (2)
978-3-401-60231-8

Strenggeheimes Drachenflüstern (3)
978-3-401-60232-5

Brandgefährliche Feuerspeier (5)
978-3-401-60234-9

Handbuch für echte Helden (6)
978-3-401-60235-6

Arena

Jeder Band:
Ab 10 Jahren • Gebunden
www.arena-verlag.de

DreamWorks

Dragons

978-3-401-70808-9

Einsatz für Ohnezahn

Der Drache Ohnezahn und sein Drachenreiter Hicks sind ein unschlagbares Team und die HauptheIden der aus Film und Fernsehen bekannten Marke »Dragons«. Eine starke Episode der TV-Reihe wird in Bild und Text erzählt. Mit den vorgestanzten Teilen zum Basteln und Schritt-für-Schritt-Anleitungen entsteht ein über 75 cm breites Ohnezahn-Modell zum Spielen.

978-3-401-70809-6

Das Drachenreiter-Posterbuch

Mit diesem Ausklappbuch mit Megaposter kann sich jeder seine Lieblingsdrachen nach Hause holen! Fans der beliebten Fernsehserie erfahren, wie Hicks und seine Freunde den Brüllenden Tod verjagen, Alvin den Heimtückischen überlisten und den legendären Skrill wieder im Eis einsperren. Das Panorama-Poster auf der Rückseite der Geschichten zeigt 33 coole Drachen in Aktion.

978-3-401-70810-2

Wettkampf der Drachen

Die Drachenreiter sind los. Hicks und Ohnezahn, Astrid und Sturmpfeil, Rotzbacke und Hakenzahn – überall sorgen diese coolen Wikinger mit ihren Drachenfreunden aus Film und Fernsehen für Wirbel. Jetzt kann jeder mitmachen beim Drachenrennen: Einfach aus den vorgestanzten Bögen die sechs Drachenmodelle basteln und durch die Lüfte schicken!

Jennifer Bell

Izzy Sparrow

Die Geheimnisse von Lundinor

Auf der Flucht vor finsteren Männern, die wie aus dem Nichts im Haus ihrer Oma auftauchten, landen Izzy Sparrow und ihr Bruder in der geheimen Stadt Lundinor. Schnell stellen sie fest, dass nicht nur der Koffer magisch ist, durch den sie hierhergekommen sind! Hier gibt es Zitronenpressen, die Licht spenden, Kerzen, die unsichtbar machen und Klobürsten, die Blitze schießen können. Izzy kann die Gegenstände sogar flüstern hören. Während sie herauszufinden versucht, was es mit ihrer Fähigkeit auf sich hat, wird sie plötzlich von den Schattenwanderern verfolgt, die zur Bedrohung für ganz Lundinor werden. Izzy erkennt, dass das Schicksal Lundinors eng mit ihrem eigenen verwoben ist und nur sie die Stadt noch retten kann...

Arena

368 Seiten • Gebunden
ISBN 978-3-401-60277-6
www.arena-verlag.de

T. Spexx

Secrets of Amarak

Spione der Unterwelt

Nach über einem Jahr erhält Alexander Mercurius endlich eine Nachricht von seinen verschollenen Eltern. Doch als er den merkwürdigen Briefumschlag erwartungsvoll öffnet, enthält der nur ein leeres Blatt Papier! Alex' Freunde Rebecca und Joe sind sich sicher, dass trotzdem mehr dahintersteckt. Vielleicht ist der Brief eine Warnung? Die Suche nach Anhaltspunkten führt die drei in ein dunkles Gängesystem unter der Stadt. Zu spät merken sie, dass ihnen jemand gefolgt ist.

Arena

240 Seiten • Gebunden
ISBN 978-3-401-60206-6
www.arena-verlag.de

Anna Ruhe

Seeland

Per Anhalter zum Strudelschlund

Max will raus aus dem öden Kaff Bittie Cross und seinen Vater finden, der seit Jahren verschwunden ist. Zusammen mit der seltsamen Emma gerät er auf der Suche in eine unglaubliche Welt: Seeland! Hier gibt es Städte auf Stegen und Häuser wie Eisberge, kauzige Pilzsammler, Unterwasserpiraten, freundliche Riesenquallen und echte Meerjungfrauen. Und ausgerechnet in Seeland entdeckt Max eine Spur seines Vaters ...

288 Seiten • Klappenbroschur
ISBN 978-3-401-50694-4
Auch als E-Books erhältlich
Als Hörbücher bei Rubikon

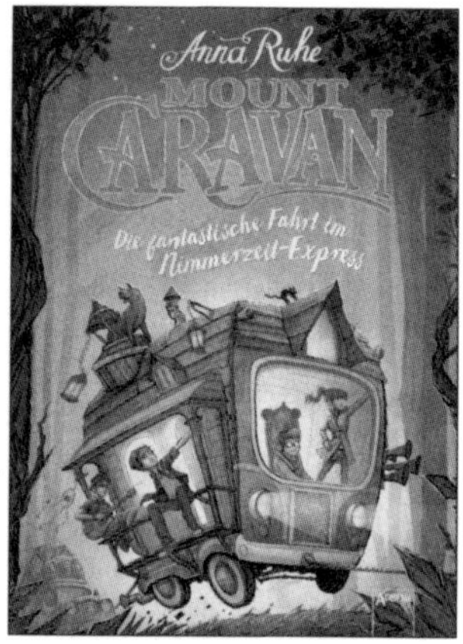

Mount Caravan

Die fantastische Fahrt im Nimmerzeit-Express

Jake war sein Leben lang Außenseiter. Dass er jetzt noch in ein Internat für Schwererziehbare gesteckt wird, ist echt das Letzte. Doch das seltsame Mount Caravan ist nicht das, was es vorgibt zu sein. Insgeheim beschützt die Schule ein uraltes Buch, und in diesem steht nichts Geringeres als die Zukunft der Menschheit! Plötzlich ist es an Jake und seinen Freunden Ava und Finley es vor den machthungrigen Feinden der Schule zu beschützen ...

Arena

272 Seiten • Gebunden
ISBN 978-3-401-60200-4
www.arena-verlag.de

KARTE DES
BARBARENARCHIPELS
WÄHREND DES
SCHLIMMSTEN WINTERS
SEIT 150 JAHREN
eignet sich gut zum
Skifahren
DIE SCHURKENINSEL
Der Horrorschlund ist in der Zornigen
Meeresenge unter dem Eis gefangen
Hüte dich vor dem Stamm der
TOBSÜCHTIGEN,
der hier auf der TOBSUCHTSINSEL lebt
(die sind total durchgeknallt)